प्रवास में

प्रवास में

उषा राजे सक्सेना

ज्ञान गंगा, दिल्ली

प्रकाशक : ज्ञान गंगा, २०५-सी चावड़ी बाजार, दिल्ली-११०००६
सर्वाधिकार : सुरक्षित / संस्करण : प्रथम, २००२ / मूल्य : एक सौ पचास रुपए
मुद्रक : नरुला प्रिंटर्स, दिल्ली आवरण परिकल्पना : ब्रजरंग माथुर

PRAVAS MEIN *stories* by Smt. Usha Raje Saxena Rs. 150.00
Published by Gyan Ganga, 205-C Chawri Bazar, Delhi-110006
ISBN 81-88139-23-8

जीवनसाथी राजे

को

जिनके साथ जीवन की अतल

गहराइयों में गोताखोरी करती रही।

भूमिका

उषा राजे सक्सेना की ये कहानियाँ सात समंदर पार बसे भारतीय जन-जीवन की मर्मस्पर्शी गाथाएँ हैं। ऊपरी तौर पर देखने में किस्सागोई सी लगनेवाली इन कहानियों को लेखिका ने अपनी संवेदनात्मक ऊर्जा से एक नए किस्म का रचनात्मक आयाम दिया है। कहानियों के शिल्प से उनकी यायावरी चित्रवृत्ति का अनायास आभास होता है। रचनाशील व्यक्तियों की स्वाभाविक खासियतें इन कहानियों में स्पष्ट रूप से दिखाई देती हैं। क्योंकि अकसर सफर में भी अनेक बार कोई ऐसा साथी बन जाता है जिसकी आपबीती एक मुकम्मल कहानी सी लगती है। हम पार्क में हों, ट्रेन में हों, बस में हों या फिर हवाई जहाज में हों, एक सजग कथाशिल्पी को हरेक परिस्थिति में कहानी दिखाई देती है। उषा राजे सक्सेना ने ये कहानियाँ इसी यात्रावृत्त शैली में लिखी हैं। संभवतः यही बड़ा कारण है कि इनकी भाषा सरल, सचित्र और गतिमान है। इस भाषा में संप्रेषणीयता की भरपूर गरमाहट है।

चूँकि इन दिनों साहित्य का एक बड़ा संकट संप्रेषणीयता है, जो कि सीधे तौर पर भाषा, शिल्प और अत्यधिक विचार-प्रधान होने से प्रभावित है, जिसे हम साधारण और सहज पाठक की संज्ञा से अभिहित करते हैं, वह इसी जटिल बोध से घबराकर साहित्य से अलग-थलग पड़ गया है। आज के उभरते साहित्यकारों के समक्ष यही सबसे बड़ी चुनौती है कि वे सच्चे और गंभीर साहित्य के खोए हुए सहृदय पाठकों को पुनः कैसे अपनी गिरफ्त में

लेते हैं। गंभीर और सर्जनात्मक साहित्य कैसे समाज की मुख्यधारा में मशविरा का विषय बन सके, यह नए साहित्यकारों की नई चिंता होनी चाहिए। सूचना क्रांति ने यदि सुविधाएँ मुहैया कराई हैं तो रचनात्मकता को संक्रमित भी किया है, और रचनाकार इसी कारण संक्रमण में हैं।

उषा राजे सक्सेना की इन कहानियों की एक सबसे बड़ी खासियत यह है कि वह कहानियों में खुद किसी तरह के घटनाक्रम या चरित्र उद्घाटन का ताना-बाना नहीं बुनतीं, उनके पात्र स्वयं उनके पास चलकर अपना रहस्योद्घाटन करते हैं। जो अकसर सफर में घटित होते हैं। यहाँ पात्र अपने चरित्र और किस्से को बयाँ करते हैं। इन कहानियों में किसी तरह का मनोविश्लेषण या विचार-विश्लेषण नहीं किया गया है। फ्लैश बैक का प्रयोग सभी कहानियों में है। यद्यपि उषा राजे की ये कहानियाँ चरित्र उद्घाटन की कहानियाँ नहीं हैं, परंतु मानवीय जीवन की ऊष्मा और सहिष्णुता से परिपूर्ण हैं। पश्चिम की धरती पर लिखी जाकर भी नितांत पूर्वी संवेदना और शैली से संपृक्त हैं ये कहानियाँ।

संग्रह की सभी दस कहानियों की विषय-वस्तु और परिवेश भिन्न होकर भी इनका आपसी समभाव यही है कि ये संबंधों को नए ढंग से जीने का अभ्यास है। 'शुकराना', 'यात्रा में', 'अभिशप्त' और 'समर्पिता'—इस संग्रह की खूबसूरत कहानियों में से हैं। ये कहानियाँ पति-पत्नी, परिवार और स्वाध्याय के लिए ईमानदार और संवेदनशील प्रतिबद्धता को बड़े महत्त्व के साथ रेखांकित करती हैं। विदेश की धरती पर महत्त्वाकांक्षी जीवन जीते हुए भी प्राच्च सोच और अवधारणाओं से विलग न होने की चेष्टा ही उषा राजे के कल्पित या सच्चे पात्रों की विशेषता है। अपनी प्रभावोत्पादकता में ये कहानियाँ लोकप्रियता को प्राप्त कर सकनेवाली हैं। यद्यपि समकालीन हिंदी कहानियों के कलेवर में यह तत्त्व गौण है। समकालीन प्रवृत्तिवाली कहानियाँ पारिवारिक संदर्भों के दायरे में लिखी होकर भी संवेदना, विचार और विशेषार्थ से युक्त होती हैं। हो सकता है, उषा राजे की इन कहानियों में समकालीनता के ये तत्त्व क्षीण हों, परंतु हिंदी के खोए हुए सजग पाठकों के बीच उत्सुकता

जगाने की पूरी क्षमता इनमें मौजूद है। विदेश में रहनेवाले भारतीयों की जीवन-शैली के दुःख-दर्द और तनाव के बारे में जितना भी हिंदी में लिखा गया है, उषा राजे की रचनाएँ उसी क्रम की एक सुखद समृद्धि समझी जानी चाहिए।

—कमलेश्वर

अपनी बात

कुछ कहना है इसलिए...

अभी चिड़ियों को दाना देकर धूप-स्नान के लिए ईजी चेयर पर बैठी ही थी कि सिकामोर का एक बड़ा सा पीला पत्ता हवा के साथ अठखेलियाँ करता हुआ कटी पतंग की तरह जरेनियम और एंटीराइनम की क्यारियों में जमकर बैठ गया। पास ही गीली मिट्टी में सिकुड़े-सिमटे बैठे स्लग के लिजलिजे बदन में कुछ हरकत हुई, वह सरकता हुआ आया और पत्ते पर बैठकर धूप सेंकने लगा। चेरी की डाल पर बैठी काले पंखों और लंबी पूँछवाली चिड़िया को उसका सुख से बैठना सुहाया नहीं। वह फुर्र से उड़ी और उसे चोंच में दबाकर रॉकरी के चपटे पत्थर पर अखरोट की तरह पटक-पटककर तोड़ने लगी। खोल में बैठे स्नेल की क्या दशा और मनोदशा हो रही होगी, आगे उसका क्या हश्र होगा! अभी यही सब सोच रही थी कि कहीं से पड़ोसी फ्रैंक की बिल्ली निकिता चिड़िया पर झपटी...तभी फोन की घंटी हिनहिनाई और मैं उठकर अंदर भागी...आगे क्या हुआ नहीं मालूम। कौन भोग बना, किसने किसको भोगा, कौन संतुष्ट हुआ, कौन असंतुष्ट, कौन जीता और कौन हारा...कुछ तो हुआ ही होगा, कुछ देखा, कुछ नहीं देखा, पर कुछ अनुमान तो लगा ही सकती हूँ...

यह संसार एक घट है। यहाँ प्रतिपल कुछ-न-कुछ घटता ही रहता है। ये घटनाएँ हमारे जीवन को प्रभावित करती हैं। हमारे मन के अंदर भी प्रतिपल कुछ-न-कुछ घटता ही रहता है। हमारा चेतन और अचेतन मन दोनों ही हमारे घर, परिवेश, समाज, शहर, प्रांत, देश, विश्व में जो कुछ

अच्छा–बुरा होता है उससे प्रभावित हुए बिना नहीं रहता है। एक कथाकार की संवेदनाएँ समय की धड़कन को अपने में समो लेती हैं। यह समोना कोई सचेत प्रक्रिया नहीं होती है जिसमें लेखक सचेत रूप से अपने समय के काल–बोध को पाठक तक पहुँचाने के लिए कहानी के माध्यम का उपयोग करे।

कहानीकार का संवेदन संस्कार के रूप में अपने परिवेश को ग्रहण करता है। वह उसी में जीता है। साँस लेता है। प्रवासी लेखक अपने घर–परिवार, देश और मिट्टी से अलग होकर एक अन्य देशकाल और परिवेश में चला जाता है। वहाँ उसके नए संस्कार बनते हैं, नए दृष्टिकोण बनते हैं। माहौल बदल जाने से उसकी जिंदगी में बहुत सी पेचीदगियाँ आ जाती हैं। उसकी मान्यताएँ बदलने लग जाती हैं। यहीं द्वंद्व के आरंभ का प्रारंभ होता है। और यहीं मेरी कहानियाँ जन्म लेती हैं…

कहानी का शिल्प, रूप और सौष्ठव कोई अलग चीज नहीं होती है। कविता की तरह इसमें भी पहले वाक्य से ही अभिव्यक्ति अपने रूप में ढलने लगती है। कहानी अपने आप भाव और शब्दों के सहारे अपना शिल्पात्मक गठन करती हुई आगे बढ़ती है। कहानी का शिल्प या गठन कोई अलग चीज नहीं होती, जिसे मात्र प्रयोग के लिए प्रयुक्त किया जाए।

ये कहानियाँ भारतीय मूल्यों और मान्यताओं के चौखटे में संभवत: सही नहीं बैठेंगी; परंतु इन मूल्यों और मान्यताओं के कारण ही एक परिवेश का साहित्य दूसरे परिवेश के साहित्य से अलग नहीं हो जाता। इन कहानियों के भीतर रिसी हुई गहरी मानवीय संवेदना उन्हें एक–दूसरे से जोड़े रखती है। सात समुंदर पार होने पर भी यही मानवीयता इन कहानियों को समयातीत कालेतर और समय सापेक्ष बनाती है।

—उषा राजे सक्सेना

अनुक्रम

१. प्रवास में	१५
२. शुकराना	२५
३. यात्रा में···	३६
४. अभिशप्त	५७
५. दायरे	७७
६. वह कौन थी ?	८९
७. सफ़र में···	९७
८. समर्पिता	१०४
९. शन्नो	११७
१०. तान्या दीवान	१३२

प्रवास में

सितंबर-अक्तूबर का महीना था। खिड़की के शीशे से छनकर आती पतझड़ की सुनहरी धूप तन और मन दोनों को भली लग रही थी। सिकामोर की पीली पड़ रही पत्तियों में अभी भी हरापन बाकी था। अभी थोड़ी ही देर पहले माली मोरिस ने क्यारियों और लॉन की निराई करते हुए एक-एक सूखी पत्ती और घास-फूस को बीनकर कंपोस्ट-पिट में डाला है। मोरिस अपने कार्य के प्रति प्रतिबद्ध है। वह अपना काम बड़े मनोयोग से करता है। फूलों और उनके रंगों का चयन वह सदा किसी कलाकार की भाँति करता हुआ, नन्ही पौध को क्यारियों में रोपता है। काम खत्म करने के बाद कॉफी पीते हुए वह बड़ी देर तक अपने किए हुए काम को पैनी दृष्टि से देखता है। उसके अंदर अपने काम के प्रति लगाव और एक न्यायोचित ईमानदारी है।

अचानक सिकामोर की दो-तीन पत्तियाँ कटी पतंग की तरह हवा में तैरती, आपस में टकराती, उलझती, बलखाती पैटियो-डोर के शीशे से टकराकर जरेनियम और एंटीराइनम की क्यारियों में अपनी जगह बना लेती हैं। लगा, यह संसार भी एक घट है। इसमें हर पल कुछ-न-कुछ घटित होता ही रहता है। चीजें बनती हैं, बिगड़ती हैं, उलझती हैं, और अपने आप सुलझती हैं। आदर-सम्मान, सुख-दुःख, आशा-निराशा, प्रेम-घृणा, ईर्ष्या-द्वेष, मिलन-विछोह, जीवन-मृत्यु, निर्माण-विनाश—सब इस जीवन में हर पल घटनेवाली घटनाओं के केंद्र बिंदु के बीच स्थित सुप्त राग हैं, जिनमें हलचल होने से घटनाएँ क्रम बनाती हुई घटित होती हैं।

तभी देखती हूँ। गेट के सामने शशांक की गाड़ी रुकती है। वह गेट

आहिस्ता से खोलता है। फिर बहुत सावधानी से कार रिवर्स करता हुआ उसे गेट के अंदर लाता है। और गैरेज के ठीक सामने खड़ा कर देता है। इंजिन बंद कर वह दरवाजा खोलकर बाहर निकलता है। पतलून की क्रीज और टाई की नॉट ठीक करता है। पल भर ठहरकर, एक ही दृष्टि में पूरी गाड़ी का निरीक्षण कर देख लेता है कि गाड़ी ठीक वहीं खड़ी है जहाँ वह खड़ी करना चाह रहा था तथा गाड़ी की सभी खिड़कियाँ और दरवाजे बंद हैं। पोर्च में आकर वह दोनों पैरों को पाँवदान पर रगड़ता है। एक प्रसंशात्मक दृष्टि खिले हुए फूलों पर डालता है। हलके से डोरबेल बजाता हुआ, रसोई में काम करती किम की प्रतीक्षा करता है। किम दरवाजा खोलकर उसे लिविंग रूम में बैठाती है। मुझे याद आता है। आज से ठीक पच्चीस साल पहले शशांक मुझे चेलसी आर्ट कॉलेज के सामने बस स्टैंड पर मिला था। बीस-बाईस वर्ष का हँसमुख, हाजिरजवाब, चुस्त-दुरुस्त, सुदर्शन शशांक आत्मविश्वास से दीप्त, मन में उत्साह और कुछ करने की उमंग लिये कुछ ही दिनों पहले लंदन आया था। बातचीत के दौरान उसने बताया, 'वह लंदन नौकरी की खोज में आया है। ब्रिटिश सिविल सर्विस कमीशन में भी उसने आवेदन-पत्र दिया है।'

यह कहकर पल भर को वह इस तरह चुप हुआ, मानो मन-ही-मन तर्क कर रहा हो कि परदेस में, वह भी अनजान महिला को, पहली ही मुलाकात में इतना सबकुछ बता देना ठीक भी है या नहीं ? फिर एक निश्चय सा उसकी आँखों में उभरा।

तभी बस आ गई। हम लोग बस के अपर-डेक में आकर बैठ गए।

बैठते ही मैंने पूछा, "क्यों, क्या सिविल सर्विस से इंटरव्यू का लेटर आया है ?"

ब्रिस्बन कट मूछों के नीचे, उसके होंठों पर एक खुशगवार मुसकराहट खेल गई। क्षण भर बाद वह संतुलित स्वर में बोला, "जी, आज ही तो वहाँ से इंटरव्यू का लेटर आया है। खूब अच्छी तैयारी करनी है न, इसीलिए तो लाइब्रेरी जा रहा हूँ। पर आपको कैसे पता चल गया ?"

उसने प्रश्न भरी दृष्टि मेरी ओर डाली।

मैंने कहा, "मैं पेशे से मनोचिकित्सक हूँ। लोगों के अंदर होती हुई प्रतिक्रियाओं को जानना और पढ़ना ही मेरा व्यवसाय है।"

अचानक ही उसकी आँखों में मेरे लिए एक विशेष आदर और स्नेह झलका, जिसे उसने छुपाने का प्रयास नहीं किया।

थोड़ी ही देर में उसका स्टॉप आ गया। उतरने से पहले उसने मेरा पता और फोन नंबर लेते हुए बड़ी आत्मीयता से कहा, ''दीदी, इस इंटरव्यू में ही नहीं वरन् इस विदेशी धरती पर सफल जीवनयापन करने के लिए ब्रिटिश समाज के अदब-कायदे, रीति-रिवाज तथा मनोभावों के बारे में गहराई से जानना चाहता हूँ।''

प्रतिभाशाली और तरक्कीपसंद शशांक अपने आंतरिक एवं बाह्य व्यक्तित्व को आकर्षक बनाने के लिए अकसर मुझसे मशविरा लेता। अंग्रेजी शब्दों के उच्चारण, बोलने के सही तरीके तथा भाषा को सुधारने एवं माँजने के लिए उसने 'ओरिएंटल स्कूल ऑफ लैंग्वेजेज' का सहारा लिया। साथ ही वह अपने अंग्रेज मित्रों के उच्चारण, हास्य और बातचीत के विषय को ध्यान से सुनता और उनसे उन्हीं के तर्ज पर, उन्हीं के विषयों पर साधिकार व सहज ढंग से बातें करने का सफल प्रयास करता।

महीने का पहला रविवार उसने मेरे नाम कर रखा था। ठीक साढ़े दस बजे हाथों में मेरी मनपसंद 'रेड वाइन' की बोतल या 'रेड कारनेशन' लिये दरवाजे पर उपस्थित होता। मुझे भी उस सुदर्शन युवक का घर आना अच्छा लगता। मेरे गिने-चुने परिचितों में बस वही एक ऐसा व्यक्ति था जो सकारात्मक सोच के साथ किसी भी विषय पर स्वस्थ ढंग से बहस कर सकता था। हमारे बहस का विषय अकसर 'इमीगेशन' और 'सेटलमेंट इन यू.के.' हुआ करता था।

''दीदी, हम लोग अंग्रेजों को 'रेसिस्ट' कहकर उनसे घृणा करते हैं; पर मेरे अनुभव में तो अभी तक ऐसा कुछ भी नहीं आया। मेरे सभी अंग्रेज साथियों और अधिकारियों का व्यवहार हम सबके साथ बहुत मृदुल है। बातचीत, तर्क-वितर्क सब हम आपस में करते हैं। मतभेद होने पर एक-दूसरे का मजाक उड़ाते हुए उत्तेजित भी हो लेते हैं, पर दूसरे दिन फिर अच्छे दोस्त हो जाते हैं। कई बार रंग और नस्ल पर भी करारे व्यंग्य और तानेबाजी हो जाती है; किंतु ऐसा तो भारत में भी होता है। हम लोग गुज्जू, बिहारी, बंगाली और दक्षिणियों का भी तो मजाक उड़ाते हैं।

"यहाँ सड़क पर, आस-पास, बस, ट्रेन आदि कहीं भी मुझे कभी कोई ऐसी अलगाव की या हिकारत की स्थिति नहीं मिली जिसको मैं नस्ली कहूँ। अंग्रेज भी हमारी तरह साधारण इनसान हैं, उनमें भी वही सब प्रवृत्तियाँ हैं जो हममें हैं। ऑफिस में लंच के समय यदि मैं बातों में रम गया तो मेरा बॉस मेरा जूठा बरतन तक धो देता है। कई बार मेरे मित्र मेरा बचा हुआ जूठा भोजन खा लेते हैं।"

मैं कहती, "भई शशांक, तुम्हारा व्यक्तित्व ही ऐसा है कि लोग तुम्हारे मुरीद हो जाते हैं।"

"नहीं दीदी, ऐसा मत कहिए, मैं तो इस समस्या की तह में जाना चाहता हूँ, कि आखिर क्यों हमारे लोग अंग्रेजों के प्रति अब तक मन में इतनी कड़ुवाहट घोले हैं। मेरा अब तक का जो अनुभव है वह मैं आपके साथ बाँटना चाहता हूँ।"

कमरा 'सेंटर्ली हीटेड' होने की वजह से खूब गरम हो रहा है। बाहर बर्फ पड़ रही है। मैं शशांक की बातें सुनती और गुनती हूँ। 'स्मोक्ड बेवैरियन चीज फ्रेंच-ब्रेड', 'रेड वाईन' और उसकी बातें, सबकुछ बेहद रसीली लगती हैं। मुझपर हलका सा सरूर आ जाता है और मैं अधमुँदी पलकों से उसके सुदर्शन व्यक्तित्व का प्रसंशात्मक रसास्वादन करती हूँ।

वह थोड़ा रुककर मुझे गौर से देखता है, फिर मुसकराते हुए बात को आगे बढ़ाता है, "दीदी, यह मत समझना कि मैं अपने लोगों को नापसंद करता हूँ। आज अपनी मेहनत से मैं एक ऐसी पोजीशन पर आ गया हूँ जहाँ से मैं उनके लिए बहुत कुछ कर सकता हूँ। पर हमारे लोग तो एक स्तर से ऊपर उठना ही नहीं चाहते हैं। जब भी हम आपस में मिलते हैं, अंग्रेज ही हमारा मुद्दा होता है। अंग्रेजों को गालियाँ देते हुए हम उनकी अजीबो-गरीब खामियाँ निकालते हैं। कभी-कभी तो लोग ऐसी हास्यप्रद बातें करते हैं कि सिर पीटने को जी करता है। कहते हैं कि अंग्रेजों को अंग्रेजी बोलनी नहीं आती। हर शब्द को चबा-चबाकर बोलते हैं। अरे भई, उनकी भाषा है, जैसे चाहे बोलें। तुम उनकी भाषा बोल रहे हो तो उनकी तरह बोलो। वही मानदंड है। नहीं, वह तो कहेंगे, इनकी आँखों में तो सूअर का बाल है। ये कभी किसी के अपने नहीं हो सकते हैं। कभी-कभी तो मुझे लगता है, बरतानिया में आए

प्रवासी यहाँ सदा परदेसी ही बने रहना चाहते हैं, हर चीज को रुपए में तौलते हैं। भला यहाँ वह सुखी कैसे रह पाएँगे ? तन यहाँ और मन वहाँ। बिहारी की परकीया नायिकाओं की तरह…''

मुझे उसकी उपमा हास्यप्रद लगती है, 'बिहारी की परकीया नायिकाओं की तरह…' मेरी हँसी छूट पड़ती है।

वह कहता है, ''दीदी, आप मेरी बातों को गंभीरता से नहीं ले रही हैं।''

मैं कहती हूँ, ''अरे, नहीं, मैं तुम्हारी बात को पूरी गंभीरता से ले रही हूँ। बस तुम्हारी उपमा बेहद गुदगुदानेवाली लगी। अतः मुझे हँसी आ गई। पर भई देखो, सँभलकर रहना, कहीं कोई आयतुल्ला खोमानी तुम्हारे सिर पर फतवा न लगा दे।''

वह एक जोरदार ठहाका लगता हुआ कमीज के कॉलर में उँगली फिराकर टाई की नॉट ठीक करता है। फिर थोड़ा रुककर वाईन का एक सिप लेता हुआ, सलामी का एक छोटा टुकड़ा 'फ्रेंच ब्रेड' के टुकड़े के साथ काँटे में फँसाकर मुँह में रखता है, फिर मेरी ओर देखते हुए स्मित हास्य के साथ उसी बात को दूसरे ढंग से दोहराता है।

''सच कहूँ तो असल में हमारे अपने लोग स्वयं दोगली मानसिकता रखते हैं। फिर जिस पत्तल में वह खाते हैं उसी में छेद करते हैं। दशकों यहाँ रहने के बावजूद इस देश को पराया समझते हैं। रत्ती भर भी इस समाज के साथ ताल-मेल बैठाने का यत्न नहीं करते और अपने को सुरक्षित तथा दोयम दर्जे का नागरिक कहते हुए नहीं थकते हैं। क्यों ? हर तरह की सुविधा है यहाँ, सोशल-सेक्यूरिटी, मेडिकल फेसिलिटी, एजुकेशन, रिटायरमेंट पेंशन; पर फिर भी ये लोग रोते हुए खुद को अलग-थलग रखते हैं। परिवार और बच्चों को तो यहाँ की हवा भी नहीं लगने देना चाहते हैं। जैसे अंग्रेज कोई छूत का रोग हों। वैसे पुरुष वर्ग के मन में अंग्रेज लड़कियों से हमबिस्तर होने की अदम्य लालसा रहती है, पर विवाह इंडियन वर्जिन से ही देश जाकर करेंगे। सच बात तो यह है कि हमारे अपने ही लोग रंग-भेद, जाति-भेद, लिंग-भेद और नस्ल-भेद के जन्मदाता और पालक हैं। मैंने अंग्रेजों में सदा मानवता, सहृदयता और उदारता को ही पाया है। 'एक्चुअली वी सफर फ्रॉम इनफीरियॉरिटी कॉम्पलेक्स, स्लेव मेंटेलिटी एंड एन एटरनल इनसिक्यूरिटी'।''

मैं हँसकर कहती हूँ, "शशांक, तुमने ही सवाल किए और तुमने ही जवाब दिए। मनुष्य के अनुभव और उसकी विवेचनाएँ उसके पूर्व संस्कारों से प्रभावित होती हैं। नकारात्मक आलोचनाओं के बीच असुरक्षा और नैराश्य के बीज जन्म लेते हैं। पर एक बात ध्यान में रखना, यहाँ व्यक्तिगत स्तर पर रेसिज्म नहीं है, पर बहुत ही सूक्ष्म इंस्टीट्यूशनल रेसिज्म है। मानती हूँ, अंग्रेज न्यायप्रिय हैं, मानवता उनकी नसों में है, योग्यता का आदर कर उसका लाभ उठाना वह लोग खूब अच्छी तरह जानते हैं। 'बट बी केयरफुल, वाच योर सेल्फ, नेवर एवर स्लिप अ स्टेप, अदरवाइज यू विल गो डाउन द ड्रेन'।"

न जाने क्यों मुझे शीघ्र प्रगति, शीघ्र पतनवाली कहावत याद आ जाती है। संभवतः मुझे शशांक की मानसिकता में कहीं अहंकार या दंभ की बू आने लगी थी; किंतु शशांक चतुर है, दूरदर्शी है, हर काम को वह अत्यंत सावधानी एवं योजनाबद्ध ढंग से सोच-समझकर करता है। गलतियाँ करना उसका स्वभाव नहीं है।

वस्तुतः शशांक ने थोड़े ही समय में ब्रिटेन के दोनों ही समाज में अपना विशेष स्थान बना लिया था। ऑफिस में सभी उसके याददाश्त, तत्कालबुद्धि, हाजिरजवाबी तथा समकालीन राजनीति के प्रति उसके मौलिक दृष्टिकोण और ज्ञान के कायल हो गए थे। विभाग के कोड-बुक के नियम, अधिनियम और उनकी व्याख्याएँ तो जैसे उसको जबानी रटी हुई थीं। जब भी किसी उच्चाधिकारी को किसी निर्णय पर शंका होती तो आचार संहिता की व्याख्या के लिए शशांक को ही बुलाया जाता। और यही कारण था कि उसके साथी शफी, गोयल, चौहान, शर्मा, एंडी और बॉब, जो सिविल सर्विस में उसके ही साथ नियुक्त हुए थे, अभी भी उसी पद पर आसीन थे जिनपर उनकी नियुक्ति हुई थी और शशांक उनसे कहीं ऊँचे पद पर आसीन हो चुका था। कभी-कभी नैराश्य और ईर्ष्या से बुझे उसके अधीनस्थ साथी पीठ पीछे उसे अंग्रेजों का पिट्ठू या खुद को बदकिस्मत, रंगदार और नस्ल-भेद से पीड़ित कहकर संतोष कर लेते; पर अपनी अंग्रेजी, वाक्य विन्यास, तौर-तरीके और व्यक्तित्व को सँवारने-सुधारने की कोशिश कभी नहीं करते। कुछ काहिल और जाहिल अंग्रेज भी ऐसे थे जो उसे 'ब्लडी ब्रेन-बॉक्स', 'ब्लडी-वर्कोहलिक', 'ब्लडी इंडियन नो-हाऊ' और 'बास्टर्ड' कहकर अपनी भड़ास निकालते।

इसी बीच शशांक कई आयामों से गुजरा। प्रखर कार्यक्षमता, श्रम और सरस आचार-विचार के कारण उसकी पदोन्नति हर तीसरे साल होती रही। इस तरह उसे सिविल सर्विस के कई महत्त्वपूर्ण विभागों में उच्च पदों पर काम करने का अवसर मिला तो उसने अपनी क्षमताओं और व्यक्तित्व को खूब निखारा। साथ ही ब्रिटेन में रहनेवाले अपने देसी समाज को भी बड़ी प्रतिबद्धता के साथ आगे बढ़ाता रहा।

इस बीच जब कभी उसे कोई मानसिक द्वंद्व, दुविधा या आशंका होती तो वह मेरे पास विचार-विमर्श के लिए अवश्य आता। वास्तव में गत वर्षों में उसे मेरी कम जरूरत पड़ी, मुझे ज्यादा। शशांक 'नॉलेजिबुल' था, उसके पास मेरे मतलब की हर तरह की तत्कालीन सूचनाएँ होती थीं। यदि मुझे कभी कोई इनकम-टैक्स, इमीग्रेशन, इंश्योरेंस अथवा बड़ी खरीदारी की समस्या होती तो मैं उसे बुला भेजती। और वह हर तरह से विधिक नियमों के अंतर्गत मेरी सहायता करता।

उस दिन वह अपनी पत्नी शैलजा के साथ एक समारोह में कैफे रॉयल आया हुआ था। समारोह का आयोजक मेरा पुराना अवसरवादी 'क्लाइंट' था। अत: मैं भी आमंत्रित थी। हम सब बार के पास खड़े विभिन्न विषयों पर बातचीत कर रहे थे। शशांक सबके आकर्षण का केंद्र था। अभी हाल ही में उसकी ब्रिटिश सिविल सर्विस के एक ऐसे महत्त्वपूर्ण विभाग में नियुक्ति हुई थी जिसमें अब तक कोई प्रवासी प्रवेश नहीं पा सका था। उगते सूरज की पूजा करनेवाले समाज के लिए गर्व की बात थी। लोग उससे संबंध जोड़ने को आतुर थे। लग रहा था, यह आयोजन उसी के लिए बड़ी सावधानी से विशेष प्रयोजन के तहत आयोजित किया गया था। मेजबान उसे हर तरह का सत्कार दे रहा था और वह सहृदयता से उसे ग्रहण कर रहा था। एक अनन्य दर्पीला सुख उसके चेहरे पर आ-जा रहा था। उसे यह आभास हो चुका था कि वही आज का माननीय और विशिष्ट अतिथि है।

बार में खड़ा वह एक अच्छे राजनेता की तरह आए हुए अन्य अतिथियों के साथ राजनीति और ब्रिटिश अर्थव्यवस्था पर अपना विशेष मत प्रकट कर रहा था। लोग तन्मयता से सुनते हुए उससे तरह-तरह के प्रश्न पूछ रहे थे। मदिरा और पद के मद के साथ ऐसा कलात्मक आनंददायक आतिथ्य...उसका

विवेक सुप्त हो रहा था। वह बातों-ही-बातों में सूचनाओं के कुछ ऐसे गोपनीय सूत्रों को खोल गया जो उस जैसे वरिष्ठ अधिकारी के आचार संहिता के विरुद्ध था। वह तो अच्छा हुआ वहाँ कोई पत्रकार नहीं था।

अवसर देखकर चतुर, चापलूस और स्वार्थी उससे दोस्ती बढ़ाने की कामयाब कोशिशें कर रहे थे। शशांक का अहं तुष्ट हो रहा था। उसका सामाजिक दायरा दिनोदिन बढ़ता चला जा रहा था; पद के अनुरूप उसके व्यक्तित्व में गरिमा आती जा रही थी, पर थोड़े ही दिनों में उसमें दंभ और अहंकारयुक्त हठ के लक्षण भी परिलक्षित होने लगे थे।

शशांक बहुत व्यस्त हो चला था।

शायद काम का दबाव बढ़ गया था।

या कुछ अनहोनी घटी है?

इधर कुछ दिनों से लोग दबी-दबी जबान में रस ले-लेकर शशांक के बारे में कुछ कहने लगे हैं। ये वही लोग हैं, जो कहते नहीं अघाते थे, 'शशांकजी आपके संपर्क में आना और आपको जानना हमारे लिए अति गर्व की बात है।' 'आपने हम प्रवासियों का मस्तक गर्व से ऊँचा कर दिया।' 'आप उस शिखर पर पहुँच गए हैं, जहाँ आज तक कोई प्रवासी नहीं पहुँच सका है। हम सब आपके अनुगृहीत हैं।' 'आपने हमारी आनेवाली संतति के लिए मार्ग प्रशस्त किया है।' शशांकजी प्रसन्न होकर कुछ विनीत शब्द कहते और उनकी मदद के लिए जी-तोड़ परिश्रम करते। कुछ अच्छे संतुलित मनोवृत्ति के लोग कहते हैं, 'भाई, शशांकजी बहुत ही सज्जन, सावधान, दूरदर्शी और सुलझे हुए व्यक्ति थे। अचानक यह हुआ क्या? वह कभी ऐसा काम नहीं करते थे जिससे उनके ऊपर कोई आँच आए; पर कुछ तो हुआ है। आखिर यह 'इनक्वाइरी' क्यों हो रही है?' आज वही लोग उससे इस तरह कन्नी काट जाते हैं, मानो वह कोई छूत की बीमारी हो। और मन-ही-मन खुश होते हैं कि चलो, यह सब कुछ होने से पहले उनका काम तो हो ही गया न। उड़ती खबरों में रस सभी लेते हैं। कोई गहराई में नहीं जाता है। सभी अपनी-अपनी इज्जत बचाने की फिक्र में है। दुश्मनों की भी कोई कमी नहीं है। जिनके काम शशांक किन्हीं कारणों से नहीं कर पाया वह और बेसिर-पैर की मारते हैं। लोग यहाँ तक कहते हैं कि 'शशांक ने 'ऑयल बैरन' से

मिलकर 'मिलियंस' बनाया है।' शशांक आखिर इन सब बातों का तगड़ा जवाब क्यों नहीं देता?

वह है कहाँ?

मैं चिंतित हो जाती हूँ। शैलजा के घर फोन करती हूँ। 'मेड' बताती है, शैलजा अस्पताल में है। उसके पेट में सिस्ट है। ऑपरेशन होनेवाला है। पर मैं 'मेड' पर नाराज होती हूँ। कहती हूँ, इतना सबकुछ हो गया और मुझे खबर तक नहीं। 'मेड' फोन पर ही सिसकने लगती है। मैं बेड और वार्ड का नंबर पूछकर फोन रख देती हूँ। रात में डॉक्टर ने कार चलाने को मना किया है, पर मैं रिस्क लेती हूँ।

पार्किंग बे में गाड़ी खड़ी कर वार्ड में प्रवेश करती हूँ।

शैलजा संतुलित होने का प्रयास करती है। दुःख और चिंता से चेहरा विवीर्ण और मलीन है। मैं उसकी आँखों में सीधा देखते हुए पूछती हूँ, "यह सब क्या हो रहा है? बिना किसी भूमिका के बताओ, शशांक, हुआ क्या? वह कहाँ है?"

शैलजा कुछ रुआँसे और कंपित स्वर में आँख में भर आए आँसुओं से लड़ती हुई कहती है, "दीदी, उनके साथ बहुत अन्याय हुआ। उन्होंने सदा सबका भला चाहा। ख़ास तौर पर अपने लोगों की तो उन्होंने हर तरह से सहायता की, शायद वही उनके लिए जाल बन गया। उनकी वरिष्ठता, प्रतिभाशक्ति का आयस और उसका समुचित प्रयोग जो पहले उनके गुण थे, बाद में वही उनके अंग्रेज साथियों और अधिकारियों की आँख की किरकिरी बन गई। संभवतः वह लोग उसकी बुद्धि और जानकारियों से भयभीत हो उठे। उन्हें पता नहीं था कि कब से और क्यों, उनपर नज़र रखी जा रही है, जहाँ तक मैं जानती हूँ, उन्होंने कभी कुछ गलत नहीं किया। ऑफिसवालों ने कोई चाल चली, क्या हुआ, कैसे हुआ, मुझे नहीं मालूम। उनकी प्रतिष्ठा, विश्वास और मान्यताओं को ऐसी ठोकर लगी कि वह अस्थिर हो उठे और उन्हें नींद आनी बंद हो गई। वह अत्यंत दुःखी, हताश और अशांत हो गए। सारा आत्मविश्वास एक ही झटके में खंड-खंड हो गया। बहुत दिनों तक उन्होंने मुझे कुछ नहीं बताया। सारा दुःख अपने अंदर ही समोए रहे, फिर एक लंबे अरसे तक वह नैराश्य से पीड़ित, अंतर्मुखी हो स्वयं से लड़ते रहे। अंत

में शायद हार गए। मैंने बहुत चाहा, वह कुछ कहें, मन का गुब्बार निकालें; उनका अहं बुरी तरह से आहत हो चुका है। और मनोबल खो, संसार से विरक्त और विमुख हो तिब्बत, बौद्ध-भिक्षुओं के पास मन की शांति की खोज में चले गए। मैं असहाय, कुछ भी न कर पाई।''

मैं अपनी भावनाओं पर संयम न रख पाने के कारण, विवेक खो, क्रोधित हो उठती हूँ और उसके कंधे पकड़कर झकझोरते हुए तेजी से पूछती हूँ, ''मैंने कहा न, पहेलियाँ मत बुझाओ, मुझे कारण बताओ, आखिर हुआ क्या? शशांक जैसा व्यक्ति पलायन नहीं कर सकता।''

शैलजा घबरा जाती है और कंपित स्वर में कहती है, ''दीदी, मैं क्या कहूँ?'' वह संतुलित होने का असफल प्रयास करते हुए असहाय सी बुझे हुए स्वर में कहती है, ''स्टैबलिशमेंट ने उनपर अविश्वसनीयता का आरोप लगाकर उन्हें अनंत काल के लिए वेतन सहित निलंबित कर दिया...''

अचानक बिना आवाज खिड़की के पल्ले खुल जाते हैं। बाहर तेज दक्षिणी हवा चल रही है। पेड़ से टूटा एक बड़ा, पीला सिकामोर का पत्ता काँपता बवंडर में गोल-गोल दिग्भ्रमित सा उन्मादित घूम रहा है।

□

शुकराना

रोज़ की तरह उस दिन भी ठीक साढ़े छह बजे मेरी आँख तो खुल गई, पर बदन अलसाया ही रहा। बिस्तर छोड़ने को मन नहीं कर रहा था। हीटिंग ऑन हो चुकी थी, घर अच्छा-ख़ासा गरम था। दिन का उजाला अभी सोया पड़ा था। अचानक मुझे याद आया, सवा आठ पर मुझे फ़ियोना से इंश्योरेंस के सिलसिले में उसके ऑफिस में मिलना है। अब चाहे तन आलस करे या मन, उठना ही होगा। किसी तरह बदन को पैरों पर घसीटते हुए शावर के नीचे ले आई। शावर के तीखे धारवाले गुनगुने पानी ने बदन को गुदगुदाया। सारी खुमारी क्षण भर में छू मंतर हो गई। फिर तो बीस मिनट में मैं अपने पूरे फ़ॉर्म में आ गई।

ठीक सवा सात पर मैंने घर का दरवाज़ा बंद किया और गेट से बाहर आई। सड़क के दोनों ओर काले बैग के ढेर करीने से लगे हुए थे। कूड़ा-गाड़ी अगले मोड़ पर खड़ी आरा-मशीन की तरह शोर मचा रही थी। डस्टबिन-मैन पूरी मुस्तैदी से गमबूट और रबर के दस्ताने पहने कूड़ा उठा-उठाकर वैन में फेंके जा रहे थे। गाड़ी में लगी कूड़ा-मशीन कूड़े के बड़े-बड़े बैगों को किसी दैत्य की तरह निगले जा रही थी। घड़ी भर में सड़क साफ़ हो जाएगी। फिर हफ़्ते भर घरों में कूड़ा इकट्ठा होगा। उन्हें छोटे-छोटे बैगों में बाँधा जाएगा। मंगल की रात को घर के लोग उन्हें काले बैग में इकट्ठा कर सुतली से बाँधेंगे और सड़क के किनारे डस्टबिन-मैन के लिए सजाकर रख देंगे और यह सिलसिला चलता रहेगा।

अभी मैं यह सब सोच ही रही थी कि किसी ने पीछे से आवाज़ दी—

"एक्सक्यूज मी, मिसेज़.... !" मैंने पलटकर देखा, आवाज़ डस्टबिन-मैन के पहनावे से मैच नहीं कर रही थी, क्योंकि आवाज़ ज़नानी थी।

"क्यों, क्या बात है ?" मैंने आवाज़ को संतुलित करके कहा।

"आपसे कुछ बात करनी है।" डस्टबिन-मैन के पहनावे में खड़ी लंबी-तड़ंगी उस औरत ने कहा।

"मैं जल्दी में हूँ, ब्रिक्सटन में मेरा किसी से अप्वांयटमेंट है। मेरे घर के कूड़े में सिर्फ़ हाउस रबिश ही होता है। गार्डन का गार्बेज मेरा गार्डनर ले जाता है। बाक़ी इधर-उधर की चीज़ें मेरी क्लीनर आक्स-फ़ैम या किसी चैरिटी संस्था को दे आती है।" मैं अपने बचाव के लिए तैयार खड़ी थी।

वह ज़रा हँसी। डस्टबिन-मैन के उन कपड़ों में से आती वह मादक सी हँसी बड़ी भली सी लगी।

"वह बात नहीं है, आपने शायद मुझे पहचाना नहीं!" उसकी आवाज़ कुछ थर्राई और नम सी लगी, "मैं शुकराना हूँ।"

□

आज से ठीक छह साल पहले की बात है। मेरे दोनों बच्चों की 'ए' और 'ओ' लेवल की परीक्षा अगले साल होनेवाली थी। सजग हिंदुस्तानी माँ होने के नाते मेरा ख़याल था कि उन्हें गरमियों की छुट्टियों में घर पर बैठकर पढ़ाई करनी चाहिए। पर उन्होंने मेरी एक न मानी। दोनों ने हैरड्स डिपार्टमेंटल स्टोर में नौकरी के साथ-साथ शाम को कैरेबियन कार्निवल शो में डांस का रिहर्सल भी शुरू कर दिया।

उस दिन मुझे उन्हें छोड़ने एअरपोर्ट जाना था। दोनों बच्चों ने मनुहार की कि डैडी को एअरपोर्ट छोड़कर मैं सीधे घर जाने के बजाय पोर्टोबेलो पहुँच जाऊँ, क्योंकि उस दिन उनके कार्निवल का सबसे बड़ा शो होनेवाला है। शो ख़त्म होने के बाद हम सब कहीं बाहर खाना खाने के बाद साथ ही घर आ जाएँगे। मुझे उनका सुझाव ठीक लगा। आख़िर घर आकर मैं या तो चुपचाप सो जाती या बच्चों का इंतज़ार करती। सो इनको एअरपोर्ट छोड़ने के बाद मैं सीधे बच्चों के बताए हुए स्थान पर पहुँच गई। जगह बिलकुल सूनसान, 'डिप्राइव्ड' और 'डेरेलिक्ट' थी। कहीं कोई ढंग की दुकानें आदि भी नहीं थीं। कालों का इलाका था। जगह कुछ मनहूस सी लग रही थी।

साढ़े पाँच बज रहे थे। बच्चों को साढ़े छह से सात बजे के बीच आना था। अब यह एक घंटा कैसे बिताया जाए। कहीं कोई बैठने की जगह नहीं थी। जिस मैदान में शो होनेवाला था, उसके चारों ओर टिन की चादरें लगी हुई थीं; जिसपर तबीयत से ग्रफ़ीटी की गई थी। मुझे ज़िंदगी में ऐसी जगहों पर जाने का कोई अनुभव नहीं था। इसलिए बहुत अजीब सा महसूस कर रही थी। पर बच्चे आपसे वह सबकुछ करवा लेते हैं जो आप कभी सपनों में भी करने को नहीं सोचते हैं।

मैं अभी वहाँ खड़ी यह सब सोच ही रही थी कि गाड़ी में बैठी रेडियो सुनती रहूँ या बाहर मैदान में टहलते हुए समय काटूँ, तभी एक बारह-तेरह साल की लंबी सी लड़की ढीला सा फ्रॉक पहने एक छोटे बालक का हाथ पकड़े टहलती हुई दिखाई दी। इस इलाके में अंग्रेज नहीं रहते हैं, यह कालों का इलाका है। लड़की काली नहीं थी। उन दिनों बोसनिया और सर्ब से काफ़ी युद्ध-पीड़ित लोग इंग्लैंड में शरण ले रहे थे। इस कार्निवल से आए हुए पैसे भी युद्ध-पीड़ितों को ही जाना था। भारी संख्या में छात्र लोग इस तरह का कार्य कर रहे थे। मेरे दोनों बच्चे भी अपनी स्वैक्षिक सेवा हर तरह से इस नेक कार्य में देने का प्रयास कर रहे थे।

मुझे वहाँ देखकर शायद उसे कुछ कौतूहल सा हुआ। वह धीरे-धीरे टहलते हुए अपने भाई के साथ मुझसे कुछ दूरी पर खड़ी होकर मेरा निरीक्षण कर रही थी। मैंने इशारे से उसे पास बुलाया। शायद वह मेरे बुलाने भर का इंतज़ार कर रही थी। भाई को तक़रीबन घसीटती हुई सी वह मेरे पास आकर खड़ी हो गई। गंदुभी रंग की पतले नाक-नक़्शवाली उस लड़की के चेहरे पर बिल्ली-सी हरी आँखें निडर और रोज़ कुछ नया देखने की आदी-सी लगीं। वह बेफिक्री से खड़ी कभी मेरे कार को और कभी मुझे देखती रही। मैंने उससे पूछा, "क्या तुम यहीं रहती हो?"

उसने क्षण भर ऊपर से नीचे तक अजीब नज़रों से मुझे देखा, फिर 'हाँ' में सिर हिलाते हुए कहा, "आप तो यहाँ के लिए बिलकुल नई लगती हो? रास्ता भूल गई हो क्या?"

उसके प्रश्न पूछने के ढंग पर मुझे हँसी आ गई। उसकी अंग्रेज़ी बता रही थी कि उसको ख़ुद इस मुल्क में आए हुए साल-दो साल से अधिक

नहीं हुए होंगे।

मैंने मज़े लेते हुए कहा, "हाँ, बात तो सही है; पर पहले यह तो बताओ कि यहाँ पर कोई डीसेंट कैफ़े है क्या?"

"हाँ, हाँ, है क्यों नहीं? मैं एक कैफ़े जानती हूँ जो बहुत अच्छा है। जहाँ बड़े-बड़े अंग्रेज़ कॉफ़ी पीने आते हैं।" और वह मुझे अपने साथ लेकर इस तरह चलने लगी मानो मैं कोई भटका हुआ राही हूँ। थोड़ी ही देर में हम एक रोड-साइड कैफ़े के सामने खड़े थे। कैफ़े क्या था, सड़क पर बनी हुई कई छोटी-छोटी दुकानों के बीच एक चटक नीले रंग का कमरा, जिसके बाहर बेकन और सासेज के तलने की तीखी दुर्गंध आ रही थी।

मैंने उससे कहा, "अरे नहीं, यहाँ नहीं।" उसे कुछ निराशा सी हुई। तभी मुझे अस्पताल का साइन दिखा। मैंने फिर कहा, "चलो, वहाँ चलते हैं। वहाँ साफ़-सुथरा और अच्छा कैफ़े होगा। खाने-पीने की काफ़ी वैराइटी होंगी।"

इतनी बड़ी जगह देखकर उसे कुछ घबराहट सी होने लगी और अब वह मेरे पीछे-पीछे चलने लगी। जगह-जगह लगे साइनबोर्ड से कैफ़े ढूँढ़ने में मुझे कोई दिक़्क़त नहीं हो रही थी, और वह अपने बनाए हुए बाह्य व्यक्तित्व के घेरे से निकलकर सहज और सरल हो रही थी। चूँकि इस तरह के वातावरण से वह पूर्ण रूप से अनभिज्ञ थी। अतः अब वह मेरे साथ बिलकुल मुरगी के चूज़े की माफ़िक चिपकी हुई चल रही थी। उसके साथ उसका भाई था, जो दुबका हुआ सा चल रहा था। कैफ़े 'सेल्फ़ सर्विस' था। मैंने ट्रे में तीन कप कॉफ़ी और तीन टुकड़े ब्लैक फ़ारेस्ट गैटो रखा, साथ ही बच्चों के लिए चिप्स और मटन के कुछ टुकड़े। पेमेंट करने के बाद काँटे, छुरी, चम्मच और नैपकिन भी रखे। वह चकित, सम्मोहित सी सबकुछ देखती रही। मैं कॉफ़ी में चीनी नहीं लेती हूँ, इसलिए चीनी के सैशे रखना भूल गई। टेबल पर बैठते ही मुझे याद आया, बच्चों को तो चीनी चाहिए ही। अतः मैंने लड़की से कहा, "जाकर अपने और भाई के लिए चीनी ले आओ। देखो, वहाँ उस डब्बे में सफ़ेद और भूरी चीनी के सैशे रखे हुए हैं। कॉफ़ी में ज़्यादातर लोग भूरी चीनी डालते हैं, पर तुम्हें अगर सफ़ेद चीनी अच्छी लगती है तो वही ले लेना, या फिर दोनों ही ले लेना। तुम पढ़ तो

सकती हो ना!'' अभी तक मैंने उससे उसकी पढ़ाई के बाबत कुछ भी नहीं पूछा था।

उसने सकारात्मक सिर हिलाया, पर वह उठी नहीं। शायद उसका आत्मविश्वास डोलने लगा था या वह अंग्रेज़ी में साक्षर नहीं थी।

मुझे उसका मनोविज्ञान कुछ-कुछ समझ आ रहा था। अत: उसके कंधे पर स्नेह से हाथ रखते हुए मैंने कहा, ''आओ, मेरे साथ आओ। चीनी के कोई पैसे नहीं देने होते हैं। तुम जितना चाहो, अपनी कॉफ़ी में डाल सकती हो।'' उसकी आँखों और चेहरे पर आई हुई ख़ुशी की दमक मुझे अच्छी लग रही थी। मेरे ख़ुद के अंदर एक अच्छी अनुभूति का सृजन हो रहा था।

''अ...आपने यह सब केक, कॉफ़ी, मटन और चिप्स हमारे लिए ख़रीदा है?''

''हाँ, आज तुम मेरी मेहमान हो। तुम्हें यह खाना पसंद है न!'' मुझे उस बच्ची के हाव-भाव और बातचीत के तरीक़े में आनंद सा आने लगा था।

''हाँ, अगर आप खाएँगी तो...''

''अरे नहीं, मैं तो वैसे भी कम ही खाती हूँ। वह तो वक़्त गुज़ारने के लिए कैफ़े ढूँढ़ रही थी। फिर अब तुम मिल गई हो तो अच्छा लग रहा है। मुझे बच्चे अच्छे लगते हैं, और तुम तो बहुत अच्छी लड़की हो।''

क्षण भर को उसकी आँखों में उदासी तिरी, फिर चहकती सी बोली, ''क्यों, क्या आपके बच्चे नहीं हैं?''

''हैं, क्यों नहीं, यह जो कार्निवल हो रहा है उसमें वे लोग डांस कर रहे हैं ना। वही तो देखने आई हूँ मैं।'' मैंने उत्फुल्ल होकर कहा।

''ओ, हाँ, अच्छा, आपकी लड़की है ना। आपकी जैसी ही लगती है। कंधे तक काले बाल हैं उसके। वह भी आपकी तरह बहुत अच्छी है।''

वह जल्दी-जल्दी खाना खाती जा रही थी और साथ ही मेरी आँख बचाकर कुछ आलू के चिप्स और चीनी के सैशे अपने फ्रॉक में बने हुए पॉकेट में रखती जा रही थी। जैसे-जैसे उसका पेट भरता जा रहा था वैसे-वैसे वह मुझसे बेतकल्लुफ़ होती जा रही थी।

''अच्छा, तो तुम उसे जानती हो?''

"हाँ-हाँ, वह तो मेरी दोस्त है ना।" मुँह में मटन का टुकड़ा डालते हुए जल्दी-जल्दी दाँतों से उसकी पिसाई करती हुई वह बोली।

"अच्छा!" मैंने कहा।

मुझे लगा, प्रवास और अभावग्रस्त जीवन में अपने अस्तित्व को बनाए रखने के लिए उसने इस तरह अँधेरे में तीर चलाने और सहजता के साथ सफ़ेद झूठ बोलने की आदत अनजाने ही डाल रखी थी।

"तुम यहाँ कब से हो···तुम्हारे घर में कौन-कौन है।" मैंने उससे पूछा।

वह थोड़ी देर मुझे देखती रही। उसके चेहरे से साफ़ जाहिर हो रहा था कि वह अंदर-ही-अंदर यह निर्णय ले रही है कि सच बोलने में ज़्यादा फ़ायदा है या झूठ बोलने में। साथ ही मैंने यह भी नोट किया कि जिन प्रश्नों के उत्तर वह नहीं देना चाहती, उनके बदले में वह मुझसे बिना झिझक प्रति उत्तर में प्रश्न कर लेती है। मेरे सवाल के जवाब में इस बार फिर उसने एक मोहक प्रश्न किया।

"आप रईस हो?"

मैंने कहा, "नहीं। मैं माँ हूँ, मेरे दो बच्चे हैं, जो तुमसे बड़े हैं और अगले साल से कॉलेज की पढ़ाई करेंगे।"

"अच्छाऽऽ।" वह मुसकराई। उसकी मुसकराहट में बाल सुलभ चतुराई के साथ-साथ कृतज्ञता भी थी। उसने घड़ी भर रुककर मेरी आँखों में देखा, फिर कहा, "मेरा ख़याल है कि आप रईस और नेकदिल दोनों हो। मुझे इनसान की अच्छी पहचान है।" प्लेट में पड़े हुए मटन के आख़िरी टुकड़े को काँटे में फँसाकर मुँह में रखते हुए वह पल भर के लिए रुकी, फिर मुझसे मुख़ातिब होते हुए बोली, "मैंने इस छोटी सी उम्र में दुनिया की गज़ालत देखी है। युद्ध की विभीषिका देखी है। इनसान को दरिंदा होते देखा है। कान फाड़नेवाले तोप-गोले, बंदूकें, लाशें, खून से रँगी धरती, बलात्कार, घृणा-प्रेम, जन्म-मरण—सब एक साथ देखे हैं।" उसकी चमकती हुई हरी आँखें अचानक यादों के काले साये में स्याह-सी हो गईं।

वह अपने हिस्से का खाना खा चुकी थी और अपनी भाषा में बार-बार अपने छोटे भाई को शायद समझा रही थी कि ऐसा खाना रोज़-रोज़ नहीं मिलेगा। इसलिए उसे वह सबकुछ खा लेना चाहिए जो उसकी प्लेट में है। अब भाई से

और अधिक खाया नहीं जा रहा था। फिर अभी पुडिंग और कॉफ़ी भी रखी हुई थी। मैंने उसकी मन:स्थिति को समझते हुए कहा, ''क्या तुम बाक़ी का खाना घर ले जाना चाहती हो?''

उसकी आँखों में कुछ लज्जा और कुछ विनय का-सा भाव उभर आया, फिर उसने अंग्रेज़ वेटर और कुक की ओर देखते हुए कहा, ''ऐसा करने से वह लोग मुझे और मेरे भाई को रेस्तराँ से बेइज़्ज़त करके निकाल तो न देंगे।''

मुझे उसका सावधान होना अच्छा लगा। मैंने कहा, ''नहीं, हमने मुफ़्त में खाना नहीं खाया है। पूरे पैसे दिए हैं। हम अपना खाना खाएँ या घर ले जाएँ, उन्हें इससे कोई मतलब नहीं है। मैं अभी एक कैरियर बैग का इंतजाम करती हूँ।''

कहती हुई मैं टिल पर बैठी हुई महिला के पास गई और उससे एक कैरियर बैग की माँग की। उसने कैरियर बैग के साथ-साथ मुझे कुछ डिस्पोज़ेबल डब्बे भी पकड़ा दिए। लड़की मेरे तरीक़ों से बहुत प्रभावित लग रही थी और उसके बाल सुलभ मन में संभवत: बहुत सारे प्रश्न उठ रहे थे।

हमने खाना पैक किया।

छोटा भाई, जो अब तक ख़ामोश था, मुझे कनखियों से देखते हुए शरमीली मुसकान के साथ अपनी बहन के कान में स्वभाषा में कुछ बोला। लड़की ने उसकी पीठ को प्यार से थपथपाया, फिर मेरी ओर देखते हुए बोली, ''मेरा भाई आपको किसी जागीरदार की बेहद रहम दिल और नेक बेगम समझ रहा है।''

मैंने जल्दी से कहा, ''नहीं, नहीं! मैं बेगम वगैरह कुछ नहीं हूँ, मैं तो यहाँ के बच्चों के स्कूल में पढ़ाती हूँ, और एक माँ हूँ। उससे कहो, अगर वह भी स्कूल जाया करे और दिल लगाकर पढ़ा करे, तो एक दिन वह भी अच्छा कमाता-खाता हुआ इनसान बन जाएगा।''

लड़की थोड़ी देर चुप रही, फिर बोली, ''नहीं, सबकुछ इतना आसान नही है। मेरा भाई स्कूल जाना चाहता है, पर वहाँ उसे कुछ समझ में नहीं आता। उसे अंग्रेज़ी नहीं आती और वहाँ कोई बोसनियन नहीं जानता। लोग उसे गूँगा, बेवकूफ़ और पागल समझते हैं; लड़के उसे मारते हैं। 'बुली'

(दादागिरी) करते हैं इसलिए वह स्कूल से भाग आता है। टीचर्स सहृदय हैं, पर उससे संप्रेषण नहीं कर पाती हैं। वह उसे हर वक्त ऐसे ही क्लास में खेलने के लिए छोड़ देती हैं, तो यह बच्चों का ध्यान अपनी तरफ खींचने के लिए शरारत करता है। फिर खेल के मैदान में बच्चे इसकी मार-कुटाई करते हैं। हर रोज़ यह बदन पर नीले दाग़ लेकर आता है। सच! हमारी ज़िंदगी ही एक दाग़ बनकर रह गई है।''

''अरे! ऐसा क्यों कहती हो, तुमने अभी ज़िंदगी देखी ही कहाँ है। अभी तो तुम बच्ची हो।''

लड़की की बातचीत और तौर-तरीके से मैं प्रभावित होती जा रही थी। और अब वह मुझे बच्ची नहीं बल्कि एक मुसीबतज़दा भटकी हुई मायूस किशोरी लग रही थी।

''तुम स्कूल जाती हो?'' मैंने उससे पूछा।

इस बार उसने मेरे प्रश्न को दूसरे प्रश्न से टाला नहीं, मैंने नोट किया, उसके चेहरे पर दु:ख की एक काली घटा उमड़कर लुप्त हो गई। फिर उसने कॉफ़ी के एक हलके सिप से ख़ुद को संतुलित किया और बोली, ''आज से साल भर पहले जब हम यहाँ आए थे तो मैं स्कूल जाती थी। वहीं मैंने अंग्रेज़ी सीखी। पर फिर माँ को अस्पताल ले जाना पड़ा, वह पेट से थी। घर के ख़रीद-फरोख़्त आदि के लिए या फिर किसी भी सरकारी काम के लिए, अगर कहीं भी जाना होता तो मुझे ही साथ जाना होता था, क्योंकि हमारे घर में मेरे अतिरिक्त किसी को अंग्रेज़ी नहीं आती है। इस तरह मेरा स्कूल जाना रुक सा गया।''

''तुम्हारे पिता क्या काम करते हैं?''

''मिनी कैब ड्राइवर हैं, पर मेरी माँ को उनपर यक़ीन नहीं है। वह कहती है, वह झूठ बोलता है। उसे कार चलानी ही नहीं आती। कैब ड्राइवर कैसे बन सकता है। फिर वह हमेशा मेरी माँ से ही पैसे माँगता है। और खाने के वक़्त देग़ची से गोश्त के सारे टुकड़े वह अपनी तश्तरी में डलवा लेता है। हमें सिर्फ़ सालन से खाने को ब्रेड मिलता है। माँ उसकी तश्तरी में बचे हुए सालन और ब्रेड के टुकड़े चाटकर ही सब्र कर लेती है।''

''अच्छा, तो तुम्हारी माँ काम करती है, क्या काम करती है?''

उसने एक पल मेरी ओर देखा, फिर बग़ैर किसी झिझक के कहा, ''वह मर्दों के साथ सोती है और उनसे पैसे लेती है। मुझे भी शायद यही काम करना पड़े। पर मेरी माँ कहती है, अगर यही काम मैंने किया तो वह मेरा मुँह कभी नहीं देखेगी और ख़ुदकुशी कर लेगी।''

''ठीक कहती है तुम्हारी माँ, उसके लिए तो यह बहुत बड़ी मजबूरी की बात है। एक माँ अपने बच्चों को भूखा नहीं रख सकती है। वह उनके लिए अपने जिस्म के टुकड़े-टुकड़े कर भरे बाज़ार में बेच सकती है। तुम अभी बच्ची हो। तुम्हारे सामने संभावनाओं का विशाल विस्तार है। तुम और बहुत से काम कर सकती हो। अभी तो तुम किसी तरह स्कूल जाती रहो। पढ़-लिखकर कोई भी नौकरी कर लेना। तुम सफ़ाई कर्मचारी बन सकती हो, गार्डनिंग कर सकती हो, बस कंडक्टर बन सकती हो। इन कामों के लिए किसी ख़ास योग्यता की ज़रूरत नहीं होती। ग़ैर मर्दों के साथ पैसे के लिए सोना अच्छी बात नहीं है। तुम्हारी माँ की मजबूरी तुम्हें थोड़े ही मजबूर कर सकती है। बस इतना और कहूँगी, शादी के लिए जल्दी मत करना। शादी कोई ऐसी ज़रूरी चीज़ नहीं है। जब अच्छी समझ आ जाए तभी शादी करना, ख़ूब समझ-बूझकर। अभी तुम्हारी उम्र क्या है बारह या तेरह साल?''

''सो तो है, ख़ुदगर्ज़ कमीने बाप ने मेरी उम्र स्कूल में पंद्रह साल लिखा दी है। उस हिसाब से मैं अगले महीने सोलह की हो जाऊँगी। फिर वह मुझे भी माँ की तरह धंधे पर लगा देगा, और मैं कुछ भी नहीं कर पाऊँगी। मेरा बाप आलसी तो पहले भी था, पर इतना बुरा आदमी नहीं था। यहाँ आकर उसे बुरी लतें पड़ गई हैं।''

''तुम एक बेहद ज़हीन और अक़्लमंद लड़की हो। कल तुम किसी तरह स्कूल चली जाओ और अपनी टीचर को अपनी मजबूरियाँ खुलकर बताओ, इस मुल्क में बच्चों के साथ बदसलूकी करने की बहुत कड़ी सज़ा होती है। सोलह साल तक हर बच्चे को कानूनन स्कूल जाना ज़रूरी है। अपने भाई को भी स्कूल भेजो। आजकल छुट्टी के दिनों में भी बच्चों को लाइब्रेरी में बिना किसी ख़र्चे के दस्तकारी सिखाई जाती है। आत्मसम्मान से जीने के लिए मेहनत करनी पड़ती है, बेटी। मेहनत से मत घबड़ाना। ईश्वर भी उसकी ही मदद करता है जो अपनी मदद ख़ुद करने को तैयार होते हैं।''

उसी समय दीवार पर टँगी घड़ी ने सात घंटियाँ बजाईं। ''मेरी बेटियाँ आ गई होंगी और मुझे खोज रही होंगी, हमें चलना चाहिए।''

उसने खाने का थैला हाथ में पकड़ते हुए कॉफ़ी की आख़िरी चुस्की के साथ केक का अंतिम टुकड़ा मुँह में डालते हुए भरे हुए गले और नीची नज़र किए मुझसे पूछा, ''सबकुछ जानकर आप मुझसे नफ़रत तो नहीं करेंगी?''

''ओह! कैसी बात करती हो। सबकुछ जानकर मुझे तुमसे केवल हमदर्दी ही नहीं, स्नेह भी हो गया है। मुझे पूरी आशा है, तुम्हारा भविष्य उजला है।''

उसने मेरे हाथ को पकड़कर अपराध-बोधग्रस्त आवाज़ में कहा, ''देखिए, मैं आपकी बेटी को नहीं जानती हूँ।''

मैंने उसके सिर पर हाथ फिराते हुए कहा, ''जानती हूँ।''

''आप फरिश्ता हैं।'' कहते हुए उसने मेरा हाथ चूम लिया।

''मैं सिर्फ़ एक इनसान हूँ, और एक अदना इनसान···'', मैंने उससे कहते हुए ख़ुद को याद दिलाया।

□

अगले शनिवार को ठीक साढ़े दस बजे शुकराना मेरे दरवाज़े पर महकते हुए फूलों का गुलदस्ता लिये खड़ी थी। उसका चेहरा आत्मविश्वास से दीप्त था।

''कैसी हो, शुकराना?''

''आपके आशीर्वाद से बहुत अच्छी तरह से···'', कहते हुए उसने मेरे हाथों में वह ख़ूबसूरत गुलदस्ता पकड़ा दिया, साथ ही बोसनियन ढंग से मेरे गालों को आर्द्रता से चूमकर अभिवादन किया।

''इस औपचारिकता की तो कोई आवश्यकता नहीं थी, शुकराना।'' मैंने महकते हुए गुलदस्ते को गुलदान में सजाते हुए कहा।

''जानती हूँ। यह मात्र मेरे आंतरिक भावों का प्रतीक है।'' शुकराना ने विह्वल होकर कहा।

आपको नहीं मालूम, उस दिन उस कार्निवल में यदि आप ना मिली होतीं तो मेरे जीवन को कोई दिशा नहीं मिली होती। आज मैं डस्ट-कार्ट ड्राइवर हूँ तो केवल आपकी वजह से। मैं किसी पर आश्रित नहीं हूँ। मेरी माँ

मेरे साथ रहती है। मेरा भाई बस कंडक्टर है। छोटी बहन इस वर्ष 'ए' लेवल की परीक्षा देगी।

"और···" मैं पूछने ही वाली थी कि वह ख़ुद ही बोली, "उसकी बात मत कीजिए। वह ख़ुदगर्ज़ मेरी बीमार माँ और हम सबको अंधी गली में छोड़कर किसी कम उम्र लड़की के साथ मैनचेस्टर चला गया और पलटकर उसने कभी हमारी कोई ख़बर नहीं ली। पर आप और आपके वे शब्द हमारे साथ सदा एक देवदूत की तरह रहे और सदा रहेंगे···हर मुसीबत में रास्ता दिखाते हुए···"

हाँ, मैंने शुकराना को केवल कुछ शब्द ही तो दिए थे। यदि शब्द की महिमा पकड़ में आ जाए तो जीवन का सार मिल जाता है, ईश दर्शन हो जाता है और शायद निर्वाण भी मिल जाता है।

□

यात्रा में...

मेरा सामान चेक हो चुका था। मैंने टिकट और बोर्डिंग-कार्ड दोनों ही अपने कंधे पर लटके बैग के बाईं तरफवाले जिप पॉकेट में रखा और झुककर अपने साथ ले जानेवाले हाथ के सामान को उठाने ही वाली थी कि काउंटर पर खड़ी लड़की की गिद्ध-सी तेज आँखों ने मेरे ओवर-नाइट बैग को देख लिया। इससे पहले कि मैं उससे कुछ कहती, वह अत्यंत रसहीन एवं तीक्ष्ण स्वर में बोली, ''देखिए, एक टिकट पर केवल बीस किलो सामान जा सकता है। आपने पहले ही पच्चीस किलो सामान अंदर भेज दिया है और अब आपके पास इतना बड़ा ओवर-नाइट बैग भी है। आपको इसे डिक्लेयर करना चाहिए था। आप इसे अंदर नहीं ले जा सकती हैं। और यदि आप इसे ले ही जाना चाहती हैं, तो मैं इसे तौल देती हूँ। अधिक भार का भुगतान आप वीजा कार्ड से कर सकती हैं।''

मुझे पसीना आ गया। मैंने उत्साह में सामान रखते हुए इतने सब झमेले की आशा नहीं की थी। अपने बचाव में मैं कुछ कहने ही जा रही थी कि पीछे से आवाज आई, 'व्हाय आर यू हेसलिंग द लेडी, शी इज विद अस, आई हैव नो हैंड लगेज, इक्सेप्ट दीज टू रकसैक्स टु चेक इन', कहते हुए उसने दो पासपोर्ट और दो टिकट काउंटर पर रख दिए। फिर दाहिने हाथ से दो रकसैक्स को कनवेयर बेल्टी की तुला पर रखते हुए बाएँ हाथ से मेरे कंधे को हलका सा दबाव देते हुए मुसकराया। मैं कुछ आश्वस्त, कुछ चकित, नम आँखों में आए आँसुओं को रोकती हुई उसकी मुसकराहट के जवाब में मुसकराई।

मैं कृतज्ञ, वहीं खड़ी उस सुदर्शन युवक को निहारती, उसके चेक-इन के समाप्ति का इंतजार करती रही। नीले जींस पर पीले रंग की कमीज पहने उस श्याम-वर्ण मोहक युवक के व्यक्तित्व में ना जाने कैसा आकर्षण था कि वह युवती जो काउंटर पर खड़ी मुझसे अभद्र हो रही थी अब युवक तथा मुझसे बार-बार क्षमा माँग रही थी। युवक ने उस युवती को सहज करते हुए कहा, "आप केवल अपना कर्तव्य कर रही थीं। आपने कुछ भी अनुचित नहीं किया। मैं ही कुछ अधिक उत्तेजित हो गया था। चलिए, हम दोनों ही अपने-अपने व्यवहार के लिए एक-दूसरे से क्षमा माँग लेते हैं", कहते हुए युवक ने मेरा ओवर-नाइट बैग अपने दाहिने हाथ में उठा लिया। मैं उसे मना ही करती रही। और यहाँ तक कहा कि मैं अपना काम अपने आप ही करना चाहती हूँ। मुझे किसी पर आश्रित होना न तो अच्छा लगता है और न ही होना चाहती हूँ। यह मेरे आत्मसम्मान के विरुद्ध है। युवक एक पल रुका, फिर आदर से मेरी ओर देखते हुए बोला, "यदि आपके साथ आपका बेटा होता, और वह आपका सामान उठा लेता, तो क्या आप यही सब उसको भी कहतीं।"

"हाँ, यही सब कहती, पर 'ओह! माँ' कहता हुआ, वह भी सामान उठा ही लेता।" मैंने सरस हास के साथ कहा।

"फिर वही तो मैंने भी किया है।" और उसने उन्मुक्त ठहाका लगाते हुए पास खड़ी उस छह-सात वर्ष की गहरे भूरे बालों और उसी रंग की मृग-शावक-सी बड़ी-बड़ी आँखोंवाली लड़की का हाथ पकड़ा, जो सुरक्षा एक्सरे मशीन के पास खड़ी विस्मित सी वहाँ होनेवाली कार्यवाही का निरीक्षण कर रही थी। "ऋचा, तुम्हारा बैक-पैक कहाँ है। लाओ उसपर केबिन पास लगा दूँ।" बच्ची थिरकती हुई पलटी और अपनी नन्ही सी पीठ पर टँगे बनी-बैग को उसके आगे कर दिया। कितना पावन और पुनीत नाम है ऋचा! कितनी प्यारी बच्ची है—गोरी-चिट्टी, बिलकुल मेम-सी!

"यह मेरी बेटी ऋचा है। हम दोनों छुट्टी मनाने दो सप्ताह के लिए रोमानिया जा रहे हैं।" उसने प्यार से बेटी का कंधा थपथपाया।

"रोमानिया नहीं, डैडी, हम तो बुखारेस्ट जाएँगे।" उसने युवक का हाथ पकड़कर उससे झूलते हुए अंग्रेजी में कहा।

"ओ.के., बेटे, हम बुखारेस्ट ही तो जा रहे हैं। बुखारेस्ट रोमानिया की राजधानी है न, जैसे लंदन इंग्लैंड की राजधानी है", कहते हुए उसने उसके कमर को बाएँ हाथ में लपेट लिया।

"ओहो! अच्छा तो आप बाप-बेटी छुट्टियाँ मनाने जा रहे हैं रोमानिया। पत्नी को कहाँ छोड़ आए? वह क्या छुट्टी नहीं मनाएगी?" मैंने हँसते हुए कहा। देखकर ही लग रहा था कि युवक उच्च समृद्ध वर्ग से संबंधित है। जहाँ पति-पत्नी दोनों ही हाई-फाई जॉब करते हैं और कई बार उन्हें एक साथ छुट्टी नहीं मिल पाती है, तो वह अकेले भी छुट्टियाँ मनाने किसी गरम मुल्क चले जाते हैं।

"क्या पिता बनने के लिए पत्नी का होना आवश्यक है?" कहकर वह हलका सा हँसा। इस बार ठहाका उतना उन्मुक्त नहीं था। मुझे लगा, मैंने शायद कहीं गहरे में उसकी दुखती रग पर हाथ रख दिया था। और मैं अनायास ही स्वयं पर झल्ला उठी।

युवक को सहज करने के खयाल से मैंने विषयवस्तु को सावधानी से बदलते हुए कहा, "एक लंबी अवधि के बाद भारत जाना हो रहा है, अतः बहुत भावुक हो उठी हूँ। उत्साह के कारण मैं अपनी सीमा को लाँघ गई, और सामान जरूरत से अधिक पैक कर लाई। कृपया मुझे क्षमा करना।" और मेरी आँखें फिर आर्द्र हो उठीं।

"अरे नहीं, आप ऐसा क्यों सोचती हैं, आपका सामान कोई अधिक नहीं था। वह तो···वह युवती ही कुछ सिरफिरी थी।"

मैंने मन में सोचा, कितना संवेदनशील युवक है, वैसे आज का युवक वर्ग तो व्यावहारिकता के नाम पर संवेदना को तलाक दे बैठा है।

बातचीत करते, सीढ़ियाँ चढ़ते, हम लोग हीथ्रो एअरपोर्ट के अंतिम चेक आउट पर पहुँच चुके थे। पासपोर्ट निरीक्षण के पश्चात् सुरक्षाकक्ष से निकलकर हम अभी लाऊंज में ठीक से बैठ भी नहीं पाए थे कि सूचना-पट पर बोर्डिंग की सूचना आ गई। हमारे उड़ान की बोर्डिंग शुरू हो गई है। अतः हम लोग प्रवेश-द्वार को पार करते हुए अपनी-अपनी सीट पर आ बैठे।

हवाई जहाज ने उड़ान भर ली थी। बच्ची को नींद आ रही थी, किंतु वह सही ढंग से स्वयं को सुव्यवस्थित नहीं कर पा रही थी। अतः कुनमुनाती

हुई इधर से उधर पासे पलट रही थी। मैंने सोती हुई बच्ची का सिर सायास अपनी गोद में रख लिया। थोड़ी ही देर में वह गहरी नींद सो गई। मैं कुछ देर तक बच्ची का सिर वात्सल्य से सहलाती रही। फिर पास रखे कंबल को उसके नन्हें से बदन पर डाल दिया। वह फिर कुनमुनाई। मैं धीरे-धीरे उसे थपकाने लगी। लगा, युवक मेरी इस सहज प्रक्रिया से असहज हो उठा, तभी तो उसने कहा, ''आपके अंदर कितनी ममता है। पल भर में कितना स्नेह हो गया है आपको मेरी बेटी से।''

''सो तो है। आपकी बेटी बहुत ही चित्ताकर्षक एवं गुड़िया सी प्यारी है। इससे अनायास ही स्नेह हो जाना स्वाभाविक है। आप दोनों मेरे सहयात्री हैं। हम थोड़ी देर के लिए एक-दूसरे का सुख-दुःख तो बाँट ही सकते हैं। मैं धार्मिक नहीं हूँ, किंतु सद्भावना को मैं मानव अथवा किसी भी धर्म का पहला पाठ मानती हूँ। यदि आज संसार में एक-दूसरे के लिए सहज सद्भावना एवं संवेदनाएँ होतीं तो यह संसार इतना असहिष्णु और संवेदनहीन नहीं होता।''

''नहीं होता...आप ठीक कहती हैं। आज का जो परिवेश है उसमें सहज, सरल एवं संवेदनशील लोगों के लिए समाज में कोई स्थान नहीं है। मैं अपनी माता का एकमात्र पुत्र हूँ...संतान हूँ। मेरी माता रिचमंड प्रौढ़ शिक्षा केंद्र में संस्कृत की अध्यापिका होने के साथ ही समाज सेविका भी है। भारतीय एवं ब्रतानिया दोनों ही समाज में उनका बहुत सम्मान है। उनके आदर्श, उनके विचार हमारे समाज में अनुकरणीय हैं; किंतु जब बात उनके अपने बेटे पर आई तब जैसे सारे आदर्श कपूर की तरह उड़ गए...उड़ गए...'', कहते-कहते हुए युवक चुप होकर मानो अपने आप में लीन हो गया।

मैं उसकी आवाज तथा होंठों पर आए कंपन को अंदर तक महसूस करते हुए माँ और बेटे के संबंध में सोचने लगी। आज के इस परिवेश में जब संसार के सभी देशों में उपभोक्ता संस्कृति का विस्तार हो रहा है। हम सुविधाभोगी दुश्चक्रों में फँसकर स्वयं को निर्वासित और विस्थापित कर बैठे हैं। कितना कुछ खोया है हमने अपनी महत्त्वाकांक्षाओं के लिए। यहाँ पश्चिम में आकर भी आधुनिकता, मानवता और उदारता के मार्क्सवाद को मात्र

बौद्धिक स्तर पर ही ग्रहण किया। वह न तो हमारे आचरण में उतरा और न ही कर्म का संस्कार बना। तभी बच्ची ने करवट बदली। मेरी और युवक की तंद्रा एक साथ टूटी, उसने बच्ची के पैरों को कंबल से ढकते हुए प्यार की एक थपकी दी।

तभी हवाई परिचारिका पेय रस से भरी ट्रॉली लेकर आ पहुँची। पूछने पर युवक ने केवल शीतल जल लिया और मैंने डायट कोक।

हम दोनों ने गिलास उठाकर 'चीयर्स' कहते हुए एक-दूसरे को सुखद यात्रा की शुभकामनाएँ दीं।

तभी युवक ने मेरे हाथ में पकड़ी हुई पुस्तक को देखते हुए कहा, "ओह! अच्छा तो आप 'ब्रिजेट जोंस की डायरी' पढ़ रही हैं। हेलेन फील्डिंग वाकई बहुत अच्छा लिखती है। उनके व्यंग्य और तानेबाजी का कोई जवाब नहीं है।" कहते हुए उसने पानी का एक घूँट लिया।

युवक परिष्कृत हिंदी में बातचीत कर रहा था। वैसे अधिकांश लंदनवासी युवक-युवतियाँ अंग्रेजी अथवा अंग्रेजी मिश्रित हिंदी ही बोलते हैं। मुझे युवक से वार्त्तालाप करना अच्छा लग रहा था। मैंने किताब बंद करके हैंड बैग में रखा ही था कि वह बोला, "अरे, आपने तो किताब ही बंद कर दी, पढ़िए न, मैंने संभवतः व्यवधान डाल दिया।"

"अरे नहीं", मैंने कहा, "किताब तो समय काटने के लिए यात्रा में साथ रखा जाता है। यदि सहयात्री रुचिपूर्ण मिल जाए तो पुस्तक तो कभी भी पढ़ी जा सकती है। तुम जैसे अभिरुचिवाला सहयात्री तो विरले ही मिलता है। अतः यह यात्रा तो मैं तुमसे वार्त्तालाप का आनंद उठाते हुए ही समाप्त करना चाहूँगी। यदि तुम्हें अरुचिपूर्ण न लगे तो।"

"वाह! आपने तो मेरे मन की बात कह दी, मुझे भी आपसे बातचीत करने में सहजता का अनुभव हो रहा है।" वह एक क्षण रुका, किंचित् हिचकिचाया, फिर सहज होते हुए बोला, "मैं बहुत दिनों से घुट रहा हूँ। मुझे लगता है, आप मेरी बात सुन सकेंगी और फिर घुटते हुए युवक समाज को समझ भी सकेंगी। तब हो सकता है, जिस तनाव से मैं गुजर रहा हूँ वह शायद ढीला पड़े।"

"संकोच मत करो, युवक। मैं एक अच्छी श्रोता और सहयात्री हूँ",

कहते हुए मैंने उसकी ओर देखा।

वह मुसकराया और बोला, "बात उन दिनों की है जब मैं मात्र अठारह वर्ष का था। मेरी 'ए' लेवल की परीक्षा दो-तीन दिनों पहले ही समाप्त हुई थी। परीक्षा के पश्चात् का खालीपन एवं पढ़ाई के एकांतवास के बंधन से मुक्त होने का अहसास मुझपर हावी हो रहा था। माँ ने हमारी मॉरिशस की छुट्टियाँ बुक कर दी थीं। हमें अगले सप्ताह जाना था। मुझमें उत्तेजना एवं अधीरता व्याप्त थी। जून का अंतिम सप्ताह था। उस दिन मेरी नींद सुबह साढ़े चार बजे ही खुल गई। बिस्तर पर करवटें बदलने से कोई फायदा नहीं था, क्योंकि नींद दुबारा नहीं आ सकती थी। सुबह हो चुकी थी। सूरज नहीं निकला था। आकाश पर हलके-हलके बादल छाए हुए थे। थोड़ी देर पहले वर्षा हो चुकी थी। रिचमंड पार्क की वह सड़क, जहाँ हम रहते हैं, पश्चिमी लंदन की एक सुंदर सड़क है। मेरे शयनकक्ष की खिड़की से रिचमंड पार्क और उसकी दूर-दूर तक फैली हरियाली, प्रहरी से खड़े ओक, रोहन, सिकामोर के कद्दावर वृक्षों के साथ वीपिंग विलो तथा अजेलिया की फूलों से लदी झाड़ियाँ बहुत लुभावनी लगती हैं। प्रकृति का साहचर्य मुझे सदा से ही प्रिय रहा है। मैं कमरे में रुक न सका। भ्रमण के लिए निकल पड़ा।

"हवा में नमी और ताजगी थी। मैंने एक गहरी साँस ली। लगा, प्रकृति की सारी ताजगी मेरे अंदर उतर आई। मैं जॉगिंग करता हुआ रिचमंड पार्क के उस हिस्से में निकल पड़ा जहाँ पर हिरनों का झुंड उन्मुक्त विचरण करता था। आज रिचमंड पार्क की दूसरी ही छटा थी। कल जहाँ हरा-भरा मैदान था, आज वहाँ चारों ओर कैरावान और डोर-मोबाइल खड़े थे। बीच में लाल और सफेद धारीदार गोलाकार तंबू तना हुआ था। इधर-उधर जानवरों के पिंजड़े एक अन्य कनात के अंदर रखे हुए थे। सर्वत्र शांति थी। सभी प्रात:कालीन निद्रा का आनंद ले रहे थे।

"सबकुछ अति विचित्र एवं रमणीय लग रहा था। मैं मानो किसी के निमंत्रण पर सम्मोहित सा चलता चला जा रहा था। तभी किसी ने पीछे से आवाज दी, 'हाय! अजनबी तुम किसकी इजाजत से यहाँ चलते चले आ रहे हो?'

मेरी तंद्रा टूटी, किंतु कहीं कोई नजर नहीं आया। मैं चकित सा इधर-

उधर देख ही रहा था कि तभी वीपिंग विलो की झरने सी गिरती गोलाकार लड़ियों के पीछे आँख बंद किए मात्र कटि-वस्त्र एवं कंचुकी पहने नटराज की ध्यान मुद्रा में खड़ी एक रूपसी दिखी।

'' 'हाय!' कहते हुए मैंने वीपिंग विलो के लड़ियों के बीच रास्ता बनाते हुए अंदर प्रवेश किया। वह आँख बंद किए नटराज की ध्यान-मुद्रा में मूर्तिवत् खड़ी रही। अद्‌भुत दृश्य था। विशाल विलोवृक्ष की गोलाकार लड़ियों-सी लटकती लचीली डालियों ने मानो इस सुंदरी को बंदी बना रखा हो। मैं ध्यान-मग्न और चित्र-लिखित सा खड़ा उसे निहारता रहा। कुछ पलों बाद उसने अपनी सीपी-सी बंद आँखें हलके से खोलीं। मुझे वहाँ खड़ा देख मुसकराई। मैं अभी कुछ कहने के लिए खुद को व्यवस्थित कर रहा था कि उसने मुद्रा बदल ली। अब वह शीर्षासन की मुद्रा में थी। तनिक देर उसने स्वयं को स्थिर किया, फिर वह हाथों पर चलती हुई मेरे पास आई। मैं खड़ा नहीं रह सका और वहीं धरती पर पालथी मारकर बैठ गया। शीर्षासन मुद्रा में ही वह मुझसे बोली, 'क्या तुमने कभी योगा किया है?' मैंने 'हाँ' में सिर हिलाया। वह हलकी सी हँसी, उसकी बिजली-सी उज्ज्वल दंतपंक्ति रक्ताभ अधरों के बीच झलक उठी। थोड़ी देर वह शीर्षासन में खड़ी रही, फिर चक्रासन गें आकर पद्‌मासन की मुद्रा में बैठते हुए, उसने मुझे भी वैसा ही करने का आदेश दिया। मैं यंत्रवत् उसके आदेश का पालन करता रहा। भूमि पर बैठकर उस सुंदरी के साथ प्राणायाम का आनंदसुख विचित्र था। प्राणायाम की मुद्रा से मैं अनभिज्ञ नहीं था। मेरी माँ योगाभ्यास करती है और मैंने उन्हीं से योगाभ्यास एवं प्राणायाम सीखा था।

''योगाभ्यास के पश्चात् उसने सहज चपलता के साथ मुझसे कहा, 'ग्यारह वर्ष की साधना के बाद आज मेरा प्रथम प्रदर्शन ट्रपीज पर है। क्या आज शाम तुम शो देखने आ सकोगे? यदि आओ तो प्रवेश-द्वार के पास पहली सीट पर बैठना। वहीं से मेरा प्रवेश है। आओगे ना, मित्र?' उसने 'मित्र' शब्द कुछ इस तरह से उच्चारित किया कि मेरे देह में फैले सारे स्नायु-तंत्र रसपूर्ण युवा उत्तेजना से झनझना उठे।

''इतने आत्मीय एवं अद्‌भुत निमंत्रण को मैं भला कैसे अस्वीकार कर सकता था। मैंने उससे हाथ मिलाते हुए सकारात्मक सिर हिलाया।

''दिन भर मैं अत्यंत अधीर रहा। माँ मेरी उत्तेजना एवं अधीरता को कौतूहल से देख रही थी। एक-दो बार उन्होंने मुझसे वार्त्तालाप करने का सायास प्रयास भी किया। किंतु मैं उन्हें टाल सा गया, केवल इतना ही कहा, 'शाम को सर्कस देखने जाना चाहता हूँ।' उन्होंने स्वीकृति स्वरूप मेरा जेब-खर्च मेरे हाथ में पकड़ा दिया।

''मैं यथा समय सर्कस शुरू होने से पहले प्रवेश-द्वार के पास बैठा अधीरता से उसकी प्रतीक्षा करता रहा, वह प्रवेश-द्वार से कब गुजरी मुझे पता ही नहीं चला। मैंने तो उसे तब देखा जब वह एकाग्रचित्त उस तनी हुई रस्सी पर चल रही थी, उसके हाथ में संतुलन के लिए कोई उपकरण नहीं था। वह मायावी कभी रस्सी पर गोल घूम जाती, कभी लंबी छलाँग लगाकर वापस रस्सी पर खड़ी हो जाती। मेरे मुख से तो तब चीख निकल गई जब वह ट्रपीज पर तेजी से झूलती हुई हवा में कलाबाजियाँ लगाती नीचे तनी हुई रस्सी पर खड़ी हो चक्राकार घूमने लगी। मैं भयाक्रांत आँखें मीचे बैठा रहा। लोग जोर-जोर से तालियाँ बजा रहे थे। और वह नटनी सबके प्रणाम झुक-झुककर बटोर रही थी। लोग प्रसन्न हो उसके ऊपर फूलों की वर्षा कर रहे थे। अचानक कार्नेशन का एक पुष्प मेरी गोद में गिरा। मुझे अनुभूति हुई कि वह मेरी उपस्थिति से आश्वस्त है।

''उस रात मैं उत्तेजनावश सो न सका। अर्धनिद्रा में कभी उस रूपसी नटनी को हवा में छलाँग लगाकर पंछी की तरह खुले आकाश में उड़ते हुए देखता, तो कभी अपनी बाहों में। रात भर बारिश होती रही। सुबह खिड़की के शीशे पर पारदर्शी बूँदें छहरा रही थीं। आकाश में सफेद और काले बादलों के झुंड अलसाए से मद्धिम गति से डोल रहे थे। अभी रात्रि एवं उषा संधिकाल में थे। मैं और अधिक न रुक सका। जल्दी ही प्रातः भ्रमण के लिए पार्क की ओर निकल पड़ा। सर्वत्र असीम शांति थी। वह वहीं पिंजराकार विलो के नीचे नटराज की ध्यान-मुद्रा में योगाभ्यास कर रही थी। मैंने विलो की लचीली टहनियाँ हटाई और उस विश्वमोहिनी नटनी के सम्मुख पद्मासन लगाकर बैठ गया। संभवतः मेरे आने की प्रतीति उसे हो चुकी थी। शीर्षासन के पश्चात् वह भी मेरे सम्मुख पद्मासन लगाकर बैठ गई। प्रकृति के साहचर्य में उसका संग दैविक एवं प्रेरणादायक था। आसमान में बादल छाए हुए थे।

कभी वर्षा हो जाती, कभी बादल छा जाते, कभी बादलों के बीच सूरज झाँक जाता। उस दिन लंदन का वह विशिष्ट मौसम था जिसमें प्रकृति ऋतुओं से आँख-मिचौली खेलती है। हम प्रकृति की गोद में संसार के समस्त बंधनों से मुक्त एक-दूसरे के आंतरिक संसार में प्रवेश कर चुके थे। दोनों के अंत:तल में पूर्णता, परितृप्ति एवं चरमानंद की अनुभूति हो रही थी। वह पुलकित कोमल लता-सी मेरे देह-वृक्ष से लिपटी असीम सुख का अनुभव कर रही थी। मेरे अंदर आदिम पुरुष के अहंकार का स्वामित्व भाव उमड़ रहा था। मैंने उसकी काली घनी पलकों के अंदर अलसाए अधखुली आँखों में झाँकते हुए कहा, 'एक दिन मैं तुम्हें वर ले जाऊँगा, और फिर तुम्हें कहीं नहीं जाने दूँगा।'

" 'वरण तो मैं तुम्हारा कर ही चुकी हूँ और तुम मुझे वर भी दे चुके हो, किंतु मैं उन्मुक्त पंक्षी हूँ। आकाश में ऊँचे-ऊँचे बहुत ऊँचे उड़ना चाहती हूँ', कहते हुए उसने अपनी सुंदर-सुडौल बाँहों को पंखों की तरह फैलाया और कुछ देर वह इधर-उधर उन्मादिनी चिड़िया-सी, गोरे-गोरे लाल फल के फाँक-सी खूबसूरत एड़ियों और पंजों पर फुदकती रही। फिर हवा में एक ऊँची छलाँग लगा, कलाबाजियाँ और मुरकी लगाती मेरे सम्मुख मुसकराती हुई किसी देवयानी सी खड़ी हो गई।

"मैं चकित-विह्वल उसे देखता रहा। वर्षा बंद हो चुकी थी। बादल छँट चुके थे। सूरज की चमकीली किरणें विलो की सघन लड़ियों सरीखी डालियों के बीच से छनती हुई अंदर आ चुकी थीं। हमें आभास हुआ दिन चढ़ आया है। वह पल भर को मेरी बाँहों में लता-सी लिपटी। उसकी देहयष्टि की उष्णता एवं कसाव की मादकता का संगीत मेरी नसों में बज उठा। तभी उसने मेरे माथे पर होंठों का चंदन-स्पर्श देते हुए शाम के प्रदर्शन का निमंत्रण दिया, 'संध्याकाल नट प्रदर्शन देखने अवश्य आना, मैं प्रतीक्षा करूँगी—आओगे न।' उसकी आँखों में परिपूर्ति की शिथिलता और असीम सुख की अनुभूति की आर्द्रता थी।

"मेरे अंग-अंग में उत्तेजना व्याप्त थी। अतीव तृप्ति के क्षण का निर्माण कर चुकने के पश्चात् भी मेरे अंत:तल में अनवरत अतृप्ति एवं उत्कंठ दाह का बोध था। मेरे स्नायुतंत्र एवं रक्तवाहिनी शिराएँ बिजली की तरह थरथरा

रही थीं। मेरी आश्वस्ति के लिए वह हलके से हँसी, जैसे कोई स्वर घुलता चला जाए। बोली, 'मैं चिड़ियाँ हूँ, उन्मुक्त आकाश में उड़ना चाहती हूँ।'

''उस रात सर्कस का अंतिम प्रदर्शन था। भोर होते ही उनका प्रस्थान था।

''उस रात मैं सर्कस देखने नहीं जा सका। माँ अस्वस्थ हो गई थी। उन्हें लेकर मुझे अस्पताल जाना पड़ा। लौटकर आया तो बस पौ फटने ही वाली थी। अलसुबह वर्षा हो रही थी। मैंने घड़ी देखी, सुबह के चार बजे थे। वह जाने ही वाली होगी, सोचता हुआ मैं तेज वर्षा में भीगता हुआ कॉमन की ओर भागा। जाने की सारी तैयारी हो चुकी थी। वह अपने कैरावान में बैठ चुकी थी। मुझे आता देख वह तेजी से नीचे उतर पड़ी। उसकी रतनारी आँखें रक्ताभ थीं। धनुषाकार काली भौंहों को छूती हुई लंबी घनी पलकें गीली थीं। तेज वर्षा हो रही थी। बादल गरज रहे थे। बिजली कड़क रही थी। वह नटनी संयम न रख सकी और मेरे प्रगाढ़ आलिंगन में बद्ध दीर्घ चुंबन के पश्चात् रुँधे स्वर में बोली, 'संभवत: यहीं, इसी समय अगले वर्ष भेंट होगी।'

''दो महीने बाद मैं एम.बी.बी.एस. की पढ़ाई करने कैंब्रिज चला आया। वह मेरे मन-मानस पर छाई रही। परिवेश एवं समय के अनुसार बहुत से मित्र बने, किंतु किसी से वह भावनात्मक संबंध नहीं बन पाया जो उस रूपसी नटनी के साथ प्राणायाम करते हुए बना था। मेरे सभी मित्रों की अपनी विशेष महिला मित्र थी। सप्ताहांत अथवा अर्धरात्रि के आनंदोत्सव के पश्चात् सभी अपनी-अपनी महिला मित्रों के साथ शयन करते। मुझे भी निमंत्रण मिलता, किंतु मुझे कोई आकर्षित नहीं कर पाती। जिस परिवेश में मैं पल-बढ़ रहा था वहाँ 'प्रेम' एक अनुभव है, उत्सव है, आनंद है। किंतु मेरी मान्यताएँ और मेरे संस्कार दोहरे थे। मेरे अवचेतन में मेरी माता के दिए संस्कार द्वंद्व करते। अत: अभी तक मेरी किसी भी महिला से प्रगाढ़ मैत्री नहीं हुई थी।

''छुट्टियों में घर आया। इस वर्ष भी कॉमन में सर्कस लगा था; किंतु वह वहाँ नहीं थी। पता चला, उसने सर्कस में काम करना छोड़ दिया है। कोई भी उसका पता नहीं बता सका। मैं विचलित था। दु:खी था, किंतु मेरा मन कहता, वह मुझे भूल नहीं सकती। फिर भी मन को समझाया, वह नटनी थी, मुक्त पंछी थी; बँधना तो मैं चाहता था। मैं मनुष्य था, वह परिंदा। उदास

मन से मैं कैंब्रिज लौट आया।

''दो वर्ष बाद अचानक वह मुझसे कैंब्रिज विश्वविद्यालय के यूनियन ऑफिस में मिली। उसके चेहरे पर वही भुवनमोहिनी मुसकराहट थी। वैसी ही सहज, वैसी ही सरल। बोली—

''कई दिनों से यहीं डोल रही हूँ। तुम्हारा पता नहीं लग रहा था। तुम्हारे घर गई थी, तुम्हारी माँ से पता चला, तुम कैंब्रिज मेडिकल कॉलेज में हो...'' कहते हुए वह थोड़ा रुकी, फिर बोली, 'शाम को नौका तट पर मिलोगे। मुझे तुमसे कुछ आवश्यक बातें करनी हैं।' हर्ष के अतिरेक से मैं कुछ सुन नहीं पा रहा था। मेरे स्नायुतंत्रों में खिंचाव हो रहा था। अतीत में मिला वह असीम सुख मन के अंदर-बाहर झाँक उठा।

'' 'नौका-विहार करोगी मेरे साथ?' मैंने उत्फुल होकर कहा।

'' 'आवश्यक बातों के पश्चात्।' उसने कहा।

'' 'आवश्यक बातें हम अभी कर लेते हैं; मैं अपनी कक्षाएँ बंक कर देता हूँ।' मैंने सरस हास के साथ कहा।

'' 'नहीं, शिक्षा एक तपस्या है, पूजा है, आराधना है, उसको कभी भी खंडित नहीं करना, मुझे वचन दो।'

'' 'इतनी सी बात! अरे! तुम तो भारतीय मूल्यों के मानदंड से बोल रही हो।'

'' 'हाँ, नृत्य एवं योगाभ्यास की शिक्षा मैंने शंभु महाराज से ली थी तथा ट्रपीजियम नंदलाल नटवरजी के संरक्षण में। मैं नहीं चाहती कि तुम्हारी शिक्षा में कोई व्यवधान पड़े। चार बजे नौका तट पर मिलेंगे', कहती हुई वह सौयास हँसती उठ खड़ी हुई।

''भाषणकक्ष में मन को संतुलित करना आसान नहीं था।

''वह नौका तट के मुँडेर पर बैठी मेरी प्रतीक्षा कर रही थी। मुझे देखते ही 'हाय' कहती हुई उठ खड़ी हुई और मेरे कदम-से-कदम मिलाती हुई चल पड़ी।

'' 'यहीं घास पर बैठते हैं।' उसने कहा। हम वहीं बैठ गए।

'' 'कुछ खाओगी?' मैंने पूछा।

''उसने कहा, 'नहीं, अभी नहीं, आवश्यक बातों के बाद।' वह पल

भर चुप बैठी स्वयं को व्यवस्थित करती रही। अनायास ही उसने घास का एक तिनका तोड़कर दाँतों से दबाया, फिर उसे उँगलियों से सीधा करती हुई मेरी आँखों में देखते हुए बोली, 'उस दिन मैंने तुम्हारा वरण अपनी इच्छा से किया था। मैंने तुम्हारी कामना की थी। संभवत: वह स्वाति नक्षत्र था। तुम्हारी पुत्री एक वर्ष की हो चुकी है।'

" 'ओह! कैसे? मैं पिता बन गया! मैं···मैं तुमसे विधिवत् विवाह करूँगा। अपनी पुत्री को अपना नाम दूँगा।'

"अपने पुरुषत्व का प्रमाण पा, मैं उत्फुल आवेग में था; किंतु क्षण भर बाद मुझे वस्तुस्थिति की गंभीरता का अहसास हुआ। मैं अभी स्वयं को संतुलित भी नहीं कर पाया था कि वह गुरुगंभीर शब्दों में बोली, 'नहीं, मैं विवाह नहीं कर सकती। मैं मुक्त रहना चाहती हूँ। मेरी अपनी महत्त्वाकांक्षाएँ हैं। मैं नटनी हूँ। पक्षी की तरह खुले आकाश में उड़ना चाहती हूँ।'

" 'ओह! तब क्या होगा? मेरी पुत्री कहाँ है? मैं उसे कब देख सकूँगा? उसका भरण-पोषण कैसे होगा!' हर्ष एवं उत्तेजना मुझमें परिव्याप्त थी। मैं केवल वर्तमान सुख देख रहा था। उसे किन विसंगतियों, असुविधाओं एवं संकटों से गुजरना पड़ा होगा, इसकी मुझे कोई संवेदना नहीं थी। मुझमें केवल पुरुष होने का दंभ था, परिपक्वता नहीं।

"वह चुप, केवल मुझे देखती रही।

"मैंने उसे कंधों से पकड़कर झकझोरते हुए कहा, 'मेरी पुत्री कहाँ है? मैं उसे देखना चाहता हूँ।'

"मानो हवा रुक गई हो, उसने आर्द्र नेत्रों से मुझे देखा, फिर बोली, 'देखोगे, किंतु अभी नहीं, और भी बहुत सी बातें करनी हैं मुझे। तुम अभी छात्र हो। पिता होकर भी पुत्री का भार नहीं वहन कर सकते हो।' मेरा पुरुषत्व आहत हो रहा था। वह कहती रही, 'तुम्हारे स्वयं के शिक्षा-दीक्षा का भार तुम्हारी माता वहन करती है। अभी तुम्हें अपनी शिक्षा पूर्ण करनी है। किंतु मैं अपनी संतान को पितृ-स्नेह से वंचित नहीं रखना चाहती हूँ। मैं तुम्हारी पुत्री का भरण-पोषण पूर्ण मनोयोग एवं स्नेह से तब तक करूँगी, जब तक तुम्हारी पढ़ाई समाप्त नहीं हो जाती। फिर अपनी पुत्री की शिक्षा-दीक्षा एवं संस्कार का भार तुम्हें ही ग्रहण करना होगा। मैं नटनी हूँ, नटनी

भावनाओं में नहीं बह सकती। स्वतंत्र रहकर ही मैं नट–साधना कर सकती हूँ। पाँच वर्ष पश्चात् जब तुम्हारी शिक्षा समापन पर होगी और तुम्हारी पुत्री की शिक्षा का प्रारंभ होगा तब तुम्हें उसे अपने संरक्षण में लेना होगा। उसकी शिक्षा–दीक्षा, संस्कार एवं संस्कृति के संवाहक तुम होगे। इस बीच तुम दोनों में अटूट प्रेम संबंध संचार होता रहेगा। यह मेरा वादा है। समय–समय पर पुत्री से स्नेह संबंध बनाए रखने के लिए तुम्हें उससे मिलते रहना होगा' कहकर वह उठ खड़ी हुई। और भर आए गले से बोली, 'यदि अपनी संतान के प्रति तुम्हारे मन में तनिक भी अनिश्चय अथवा संदेह है तो तुम निस्संकोच मुझसे कहो। हमारी पुत्री एक दैविक संयोग है। इस संयोग को मैं परिभाषित नहीं कर सकती हूँ। अपनी संतान को अनचाही भी नहीं कह सकती हूँ। वह किशोरावस्था में प्रथम दृष्टि के प्रेम, कौतूहल तथा प्राचीन भारतीय संस्कृति में मेरी आस्था की प्रतीक है। संभवत: प्रकृति ने मेरे जीवन के अत्यंत पुनीत एवं सुंदरतम क्षण को सजीव करने के लिए तुम्हें ही निमित्त बनाया। मुझे जीवन से कोई शिकायत नहीं है। मेरी महत्त्वाकांक्षाएँ मेरी मजबूरी है। फिर मैं वचनबद्ध भी हूँ। मैं एक माह पश्चात् तुमसे यहीं पर इसी समय मिलूँगी।' और मेरे माथे पर अपना स्नेहसिक्त चुंबन देकर वह चली गई। मैं किंकर्तव्यविमूढ़ सिर से पाँव तक संवेदनाओं से तरल उसे रोक भी न सका था। वस्तुस्थिति का ज्ञान तो मुझे तब हुआ जब वह जा चुकी थी। प्रकृति ने हम दोनों को सृजन के माध्यम से एकसूत्र में पिरो दिया था। मैं पुत्री का पिता और वह माता। जन्मदायिनी की सारी पीड़ा को उसने अकेले ही झेला। वह भलीभाँति जानती थी कि देहसुख के अतिरिक्त मेरे पास और कोई सामर्थ्य नहीं है। मैं तो स्वयं अपनी माँ पर आश्रित था, भला उसे कैसे कोई संबल दे सकता था। संभवत: वह मेरे भारतीय परिवेश तथा परिवार के पारंपरिक मूल्यों से अनजान नहीं थी।

"अब मैं क्या करूँ? विचित्र परिस्थिति थी। मैं वयस्क था। सारे बंधनों को तोड़ माँ की अनुमति के बिना मैं उससे विवाह कर सकता था; किंतु वह विवाह के लिए तैयार नहीं थी। उसकी अपनी विवशताएँ थीं, महत्त्वाकांक्षाएँ थीं। परंतु इन सबके बीच त्रिशंकु सी लटकी हुई थी हमारी निर्दोष संतान। मैं विचित्र मन:स्थिति में था। माँ को यह सब बताना आसान न था। माँ उदार है,

बुद्धिमती है, समाज सेविका है; किंतु उनका परिवेश एवं संस्कार अनुदार है। वह इस प्रकार के शारीरिक संबंध को अनैतिक एवं वर्ज्य मानती है। स्थिति विषम थी। मेरा अंतर पीड़ा से झनझना रहा था। सामंजस्य की कोई राह समझ में नहीं आ रही थी। माँ भी भला कैसे अपने एकमात्र अविवाहित पुत्र की अवैध पुत्री को स्वीकार कर सकती थी। समाज में उनका आदर-सम्मान था। उनके लिए यह आत्महत्या सा था। अत्यंत विषम परिस्थिति थी।

''मेरा मन वाचाल हो उठा था। मेरी त्रासदी का कारण था, मेरा दोहरा समाज, जिससे मैं जुड़ा हुआ था। मेरे ट्यूटर मेरी ओर से चिंतित हो उठे थे। मेरी पढ़ाई पर मेरे व्यक्तिगत जीवन में हो रहे द्वंद्व का प्रभाव परिलक्षित हो रहा था। मैं उस दायित्व को ओढ़ना चाह रहा था जो मेरा था; किंतु जिसके योग्य मैं अभी नहीं था। अनजाने ही सही, किंतु थी तो वह मेरी ही संतान और मैं उसे अपने संरक्षण में लेने को आतुर भी था; किंतु परिस्थितियाँ मेरी क्षमता पर प्रश्न चिह्न अंकित कर रही थीं। मेरा पुरुषत्व ही नहीं, मेरा व्यक्तित्व भी घुट रहा था। मैं दोहरे समाज का सदस्य दोहरे मूल्यों में जी रहा था।

''इसी बीच मैंने अपने मित्रों एवं ट्यूटर्स को अपनी व्यक्तिगत समस्या तथा जीवन में हुए परिवर्तन से परिचित करा दिया था। धीरे-धीरे मेरे ट्यूटर्स तथा मित्रों ने मेरी पुत्री को स्वीकार कर लिया था। वह भी सबसे परिचित होती जा रही थी। मैं भी कुछ अंशों तक सहज हो चुका था; किंतु माँ को कुछ भी बताने का साहस नहीं जुटा पा रहा था। कार्यभार के कारण माँ से मिलना भी कम ही होता जा रहा था।

''प्रतिमाह एक नियत दिन वह रूपसी मुझसे दूरभाष पर संपर्क कर पुत्री से मेरा स्नेह संबंध विकसित करने के लिए उसे मेरे संरक्षण में छोड़ स्वयं अभ्यास के लिए चली जाती। पुत्री के साथ मेरे संबंध दिनोदिन स्नेहसिक्त एवं दृढ़ होते जा रहे थे। बच्ची अपने बदलते परिवेश को बड़ी सहजता से स्वीकार करती जा रही थी।

''समय का अश्व रुकता नहीं है। वह तीव्र गति से दौड़ता है। मेरी एम.बी.बी.एस. की पढ़ाई समाप्त हो चुकी थी। मैं 'हाउस जॉब' कर रहा था। मेरी पुत्री चार वर्ष की हो चुकी थी। धीरे-धीरे वह समय भी निकट आता जा रहा था जब मेरी पुत्री पूर्णरूप से मेरे संरक्षण में आनेवाली थी। मैं

इस स्थिति के लिए मानसिक रूप से तो तैयार था, किंतु स्थूल रूप से नहीं। माँ की अभिलाषा थी कि मैं सर्जरी रिचमंड पार्क में ही खोलूँ, ताकि हम दोनों साथ रह सकें, किंतु मेरी बेटी, जो अब मेरे संरक्षण में आनेवाली थी, का क्या होगा—यह चिंता अधिक थी? क्या माँ और उसका समाज उसे स्वीकार कर सकेगा? इस विकट स्थिति से मैं माँ को कैसे अवगत कराऊँ, एक जलता हुआ बृहत् प्रश्न चिह्न मेरे सामने खड़ा था और मैं उसमें झुलस रहा था।

''क्रिसमस की छुट्टियाँ हुईं। मैं घर नहीं गया। मेरे 'क्लीनिकल्स' चल रहे थे। अकसर रात को अस्पताल में ड्यूटी होती। माँ को मेरी व्यस्तता एवं कठिन जीवन का आभास था। अत: मेरे मना करने पर भी वह अपने सारे आवश्यक कार्यों को छोड़ मुझे सुविधा देने के लिए कैंब्रिज आ गई, ताकि मैं अपना कार्य व्यवस्थित रूप से कर सकूँ।

''इधर कुछ ही दिनों में मेरी पुत्री मेरे संरक्षण में आनेवाली थी। योजना यह थी कि इस वर्ष के प्रथम चरण में वह मेरे साथ दो-तीन सप्ताह व्यतीत करेगी। फिर शरद् ॠतु की छुट्टियों में एक सप्ताह। तत्पश्चात् ईस्टर की छुट्टियों में पूरा मास और फिर वह सदा मेरे साथ रहने के लिए आ जाएगी। यह सब योजना उसके बाल सुलभ मन को नई परिस्थितियों से परिचित कराने के लिए की गई थी। अपने जीवन में आए इस परिवर्तन के बारे में मैं माँ को अभी तक कुछ भी नहीं बता पाया था। अचानक माँ को मैं उसके बारे में कैसे बता सकूँगा? वह भला अपने अविवाहित पुत्र की संतान को कैसे अंगीकार कर सकेंगी। माँ की प्रतिक्रिया के बारे में सोच-सोचकर मैं मन-ही-मन भयभीत सा हो रहा था। माँ से पुत्री को मिलाना और उसके साथ उनका भावनात्मक स्नेह संबंध बनाना अति आवश्यक था। अब माँ को कैसे बताऊँ? यह मेरी सबसे बड़ी समस्या थी।

''एक दिन प्रात: मैं बिस्तर पर लेटा यही चिंता कर रहा था कि माँ मेरे शयनकक्ष में चाय लेकर आई। मैंने माँ को 'सुप्रभातम्' कहते हुए उठना चाहा, किंतु उन्होंने स्नेह से अपना हाथ मेरे मस्तक पर रखते हुए कहा, 'लेटे रहो। रात भर अस्पताल में रोगियों की देखभाल करते-करते थक जाते हो। आज छुट्टी का दिन है, थोड़ा विश्राम कर लो।'

''माँ के स्नेहसिक्त स्पर्श से प्रेरित होकर मैंने कहा, 'माँ, मैं बहुत दिनों से आपसे कुछ कहना चाहता हूँ, किंतु विचलित हो जाता हूँ।'

'' 'मेरा पुत्र और विचलित! ऐसा नहीं हो सकता। मैंने तुम्हारा पोषण सत्य एवं निष्ठा तथा मानवता के अमूल्य सिद्धांत के साथ किया है। विचलित तो वह भीरू होते हैं जो जीवन की सच्चाइयों से डरते हैं।'

'' 'वही तो माँ', मैंने स्वयं को संयत करते हुए कहा, 'तुम्हारे इस अविवाहित पुत्र के चार वर्षीय पुत्री है', कहते हुए मैं तकिये का सहारा लेकर उठ बैठा और होनेवाले विस्फोट के लिए स्वयं को तैयार करने लगा।

''माँ ने अपने कानों को दोनों हाथों से दबाते हुए सिर को तेजी से झटकते हुए तीव्र स्वर में कहा, 'नहीं-नहीं! ऐसा नहीं हो सकता! बिना विवाह के संतान? ...कब? कैसे? इतना अन्याय, इतना बड़ा धोखा! क्या प्रमाण है कि वह तुम्हारी ही पुत्री है? ऐसी हास्यप्रद बातें नहीं करते।' माँ उत्तेजना से अस्वस्थ हो उठी, उनके रक्ताभ नेत्र और होंठों के कोर पर आए कंपन से लगा कि उनका रक्तचाप बढ़ गया है और अब वह अचेत हो जाएँगी।

'' 'माँ, मैं जानता हूँ कि वह मेरी पुत्री है। मैं उसे स्वीकार कर चुका हूँ। अभी वह अपनी माँ के साथ रहती है, किंतु सप्ताहांत वह मेरे सान्निध्य में व्यतीत करती है। हमारा संबंध स्नेहमय और सुदृढ़ है। अगले सप्ताह से वह सदा के लिए मेरे साथ रहने आ रही है।'

'' 'ओह! क्यों? मेरे मूर्ख पुत्र, क्यों? ऐसी बातें कहीं ऐसे ही स्वीकार की जाती हैं! क्या तुमने डी.एन.ए. कराया? अभी तुम्हारी अवस्था ही क्या है? अवश्य ही किसी ने तुम्हें छला है। तुम अभी छात्र हो? तुम्हारा धर्म केवल शिक्षा ग्रहण करना है। तुम समर्थ भी नहीं हो। पत्नी और पुत्री का भार कैसे वहन करोगे। वह कौन है? अवश्य ही कोई धूर्त और चालाक बाजारू औरत होगी, जो मेरे विशाल संपत्ति के उत्तराधिकारी, एकमात्र पुत्र को अपने जाल में फँसाना चाहती है।'

'' 'नहीं, माँ नहीं! वह संस्कारयुक्त, उच्च कोटि की महत्त्वाकांक्षी कलाकार है जो भारतीय संस्कृति एवं परिवेश का आदर करती है। उसकी जीवन-शैली में विवाह का स्थान केवल इसलिए नहीं है कि उसका कार्य

जोखिम से भरा हुआ है। उसे सदा देश-विदेश की यात्राएँ करनी होती हैं।

" 'हम अभी कैशोर्य के दहलीज पर ही थे जब अनजाने ही, पल भर में, हम किसी दैविक संयोगवश स्नेहातुर हो क्षण भर में वंशवृद्धि कर बैठे। हमारी ऐसी कोई मंशा नहीं थी। हम एक-दूसरे से परिचित भी नहीं थे। पल भर का आकर्षण और उसका निमंत्रण''माँ, हम दोनों ही समान रूप से उत्तरदायी हैं। उसने जन्मदायिनी की समस्त शारीरिक एवं मानसिक पीड़ा अकेले ही सही है। और जन्म से अब तक पूर्ण मनोयोग से हमारी संतान का भरण-पोषण अपने ही दम पर करती आ रही है। मैंने उसे किसी तरह का कोई आर्थिक सहयोग नहीं दिया है और न ही उसने अपेक्षा की है। न्यायोचित यही है माँ, कि समर्थ होने के पश्चात् मैं अपनी संतान की शिक्षा-दीक्षा, संस्कार एवं भरण-पोषण का संपूर्ण दायित्व स्वीकार करूँ और माँ, मैं वचनबद्ध हूँ।

" 'नहीं-नहीं, न तो तुम्हारा कोई दायित्व है, न ही तुम वचनबद्ध हो। और भला उसके पास इसका कोई प्रमाण है कि यह तुम्हारी संतान है। संतान का पालन-पोषण, शिक्षा-दीक्षा सबकुछ माता का दायित्व होता है, पिता का नहीं। वह अवश्य ही कोई अत्यंत तुच्छ और संस्कारविहीन स्त्री होगी, जिसे अपनी संतान से प्रेम नहीं, और अपनी संतान को तुम्हारे पास छोड़कर स्वयं बंधनमुक्त हो जाना चाहती है। केवल अपने स्वार्थ के लिए विवाह-बंधन भी उसे स्वीकार्य नहीं है। ऐसी स्त्री की महत्त्वाकांक्षा के लिए तुम अपना जीवन होम करोगे? नहीं-नहीं! यह सब नहीं हो सकता है। बच्चे को किसी अनाथालय में दे दो या उससे कहो, उसे 'फोस्टर पैरेंट्स' के पास रख दे। जो भी पैसा उसे चाहिए मैं देने को तैयार हूँ। इस तरह तो तुम्हारा जीवन नष्ट हो जाएगा। अवैध संतान के साथ भला तुमसे कौन सी लड़की विवाह करेगी। यह सब करने से पहले क्या तुमने कुछ सोचा नहीं था?'

" 'नहीं सोचा था, माँ। वह बस एक क्षणिक, अतिसुखद दैविक संयोग था। कहीं कोई योजना नहीं थी। हम एक-दूसरे से परिचित भी नहीं थे, मैं आपसे पहले भी कह चुका हूँ। फिर अब विवाह में मेरी कोई रुचि नहीं है। मुझे अपनी संतान, जो आपका ही रक्त है, आपकी पौत्री के भविष्य एवं सुरक्षा की चिंता है। माँ, मुझे आपका सहयोग एवं आशीर्वाद चाहिए।'

"माँ के मन में उठ रहे झंझावात एवं असह्य पीड़ा को मैं समझ रहा था;

किंतु मैं उन्हें कोई आश्वासन नहीं दे सकता था। मेरी सहृदय, सुशिक्षित, समाज-सुधारक माँ अचानक कितनी बौनी हो गई थी। उनके सारे आदर्श कितने थोथे हो गए! वह अपने समाज के खोखलेपन से त्रसित थीं। मैंने अनजाने ही उन्हें उनके समाज में उपहास का पात्र बना दिया था। मैं विवश था। मेरी पुत्री, जिसकी संरचना की सुखद घड़ी आज भी मेरे मन-मानस में असीम सुख का संचार करती है, मेरे जीवन में प्रथम स्थान रखती है।

"विवाह एवं अन्य सामाजिक मान्यताओं तथा परंपरा आदि पर मेरे और माँ की सोच में अंतर तो था, किंतु धरती और आकाश का-सा अंतर था इसका मुझे आभास नहीं था। मेरा समाज माँ के समाज तक ही सीमित नहीं था वह बहुत विस्तृत था। उसमें इस प्रकार की स्वीकृति-अस्वीकृति व्यक्तिगत समस्या थी। मैं जिस समाज का अंग था उसमें किसी के व्यक्तिगत जीवन में समाज हस्तक्षेप नहीं करता है। मैं समाज से भयभीत नहीं था, किंतु माँ भयभीत थीं। माँ की भावनाओं का अनादर करना अथवा उन्हें पीड़ा देना मुझे मान्य नहीं था। मुझे माँ से असीम प्रेम था; किंतु मेरी भी मजबूरी थी। मैं मात्र वचनबद्ध ही नहीं था, मैं पिता था, जन्मदाता था। मेरी तरह, माँ की तरह, वह भी मानव थी। वह भ्रूण हत्या भी कर सकती थी, पर उसकी भी संवेदनाएँ थीं। उसकी भी महत्त्वाकांक्षाएँ थीं। मेरे जीवन को सँवारने के लिए उसने अपने जीवन के अमूल्य पाँच वर्ष की आहुति दी थी, जो माँ की समझ से परे था। मैंने उनको समझाना चाहा।

" 'माँ, आप समाज सुधारक हैं। बच्चों से आपको विशेष स्नेह है। आपने न जाने कितने अनाथ बच्चों को जीवन-दिशा दी है। आपसे एक विनती है। मात्र मानवता के नाते ही सही, आप अपनी पौत्री को स्वीकार कर, उसे अपना संरक्षण एवं ममता दीजिए। मैं आपकी पौत्री को अनाथ आश्रम अथवा 'फोस्टर पैरेंट्स' को नहीं दे सकता। मैं उसका जन्मदाता हूँ। वह मेरी संतान है। वह मेरा रक्त है, आपका रक्त है। हमारा संरक्षण उसका अधिकार है।'

"माँ मूक, असहाय सी केवल मुझे देखती रहीं। आँखों में आए आँसुओं को पीती हुई संयत स्वर में बोलीं, 'नहीं, यह नहीं हो सकता।'

" 'माँ, मेरी बच्ची मेरे साथ रहेगी। वह बच्ची निर्दोष है, असमर्थ है।

उसको संसार में मैं लाया हूँ। मैं ही वह वृक्ष हूँ जिसके बीज से वह अंकुरित हुई है। उसका कोई अपराध नहीं है। यदि कोई अपराध है तो मेरा है। आप मुझे दंड दीजिए। अपने स्नेह, ममता एवं संरक्षण से अपनी पौत्री को वंचित मत करिए।' मेरी विनती का माँ ने कोई उत्तर नहीं दिया, केवल पथरायी आँखों से मुझे देखती रहीं। फिर वह अपने शयनकक्ष में चली गईं।

''उस दिन के बाद माँ से मेरा कोई वार्त्तालाप नहीं हुआ। वातावरण बोझिल हो उठा। घर में मृत्यु का-सा भयानक सन्नाटा छा गया। मैं किसी प्रकार कोई और समझौता करने की स्थिति में नहीं था। मैं वचनबद्ध था। मेरी बेटी मेरे जीवन का अंग बन चुकी थी। माँ किसी प्रकार सामान्य नहीं हो पा रही थीं। वह असहिष्णु एवं संवेदनहीन हो चली थीं। उनके सारे आदर्श जाने कहाँ खो गए। मैं उस सत्य को नहीं नकार सका, जिसका प्रमाण मैं स्वयं था। माँ ने मुझे न्याय करना सिखाया, मैं कैसे अन्यायी बन जाऊँ? उन्होंने मुझे स्त्री-जाति के साथ सदियों से हुए अत्याचार से अवगत कराया। माँ के साथ मैं भी सती-प्रथा, तंदूर-कांड और दहेज के लिए जलाई गई औरतों के दुर्भाग्य पर बचपन में उनके साथ रोया था।

''माँ के साथ वार्त्तालाप करने के मेरे सारे प्रयास विफल होते रहे।

''अत: मैंने दूरभाष पर उसे संपूर्ण स्थिति से अवगत कराया, सारी स्थिति को समझते हुए उसने कहा, 'जीवन पुष्प-शय्या नहीं है। मौन धारण कर लेना ऐसी स्थिति में एक स्वाभाविक प्रतिक्रिया है। कभी-कभी मौन से आत्मिक बल मिलता है। भारतीय क्या, किसी भी परिवार में ऐसी स्थिति में शीतयुद्ध की ही स्थिति होगी। कुछ परिवारों में तो संबंध विच्छेद से लेकर आत्महत्या और रक्तपात तक हो जाता है। ऐसे में तुम्हें अपना आत्मबल बनाए रखना होगा।'

''दो सप्ताह के बाद मेरी पुत्री एक मास के लिए घर आ रही थी। मैंने माँ को जब अवगत किया तो उन्होंने कोई उत्तर नहीं दिया। मैं मन-ही-मन चिंतित था, विकल था। संभवत: जीवन में पहली बार अपराध-बोध की भावना से ग्रसित हुआ। मेरी संतान पहली बार अपनी पितामही से मिलने आ रही है। अनजाने ही कहीं उसके बाल सुलभ मन में कोई गाँठ न बन जाए। मैं बहुत सावधान था। मेरी विशाल ह्दया, समाज सेविका माँ, स्नेह की प्रतिमूर्ति

होते हुए भी एक ऐसे समाज की इकाई थीं जो केवल मानवता के गीत गाता है, आडंबर करता है, किंतु उसे जीवन में नहीं उतारता है। मैं जानता था, मैंने नहीं, माँ के समाज ने उन्हें दंशित किया था। हृदय की गहराइयों में वह मुझसे नहीं, अपने समाज से रुष्ट थीं। फिर भी माँ की आँखों में उभरे लाल डोरे, माथे की फूली नसें मुझे अपराध-बोध से डस रही थीं।

''नियत समय पर वह पुत्री को लेकर घर आई। मैंने द्वार खोला। माँ पास खड़ी थीं। उनकी गंभीर मुखाकृति देख वह संकुचित सी पुत्री को मेरी गोद में देकर द्वार पर से ही लौट गई। माँ ने कोई प्रतिक्रिया नहीं की। उनकी तटस्थता पर मैं पुत्री को लेकर ऊपर अपने कमरे में चला आया। वह मेरे साथ खेलती रही। एक मास के लिए आई पुत्री को मैं रात होने से पूर्व ही उसे उसकी माँ के पास बुझे मन से छोड़ आया। कितना लाचार और विवश था मैं उस दिन। मेरी पुत्री वस्तुस्थिति की असामान्यता को समझ तो नहीं पा रही थी, किंतु महसूस कर रही थी। उसके पूछने पर मैंने उसे बताया, तुम्हारी दादी की मानसिक स्थिति ठीक नहीं है, अतः तुम्हें कुछ दिन और अपनी माता के साथ रहना होगा।'

''तीन-चार सप्ताह पश्चात् माँ एक दिन फिर मेरे शयनकक्ष में आईं और पास रखी कुरसी पर बैठ गईं। प्रणाम कर मैं भी उनके पास पड़ी हुई दूसरी कुरसी पर बैठ गया। चाय का प्याला मेरे हाथों में देते हुए वह भरे गले से बोलीं, 'पुत्र, तुम वयस्क हो चुके हो, अपने निर्णय स्वयं ले सकते हो। मेरी आवश्यकता तुम्हें नहीं है। मैं कल सुबह लौट जाऊँगी।'

'' 'ओह! नहीं-नहीं, माँ, आप यह कैसे कह सकती हैं। मेरे जीवन में केवल आप और मेरी पुत्री हैं और कोई नहीं। मेरी पुत्री आपकी पौत्री है। वह आपके पुत्र की संतान है। न तो मैं आपको छोड़ सकता हूँ और न ही आपकी पौत्री को। आप मेरी जीवनदायिनी हैं और मैं आपकी पौत्री का जन्मदाता।'

'' 'पुत्र, प्रयास करो, तुम अपनी संतान की जन्मदायिनी से विवाह कर लो। और सुख से रहो।'

'' 'नहीं माँ, यह नहीं हो सकता। आप जानती हैं, हमारा विवाह नहीं हो सकता है। मुझे और मेरी संतान को आपकी आवश्यकता है। आपकी पौत्री का जन्म एक दैविक संयोग था। उसकी माँ से अब मेरा कोई शारीरिक

संबंध नहीं है। हम दोनों केवल कर्तव्य-बोध से बँधे हैं। मेरे जीवन में विवाह का कोई औचित्य नहीं है। आपकी छत्रच्छाया में रहकर अपनी संतान को सुरक्षित भविष्य देना मेरी एकमात्र अभिलाषा है।'

''माँ कुछ नहीं बोलीं, वह उत्तेजित भी नहीं हुईं। उन्होंने केवल मौन धारण कर लिया है। मेरी पुत्री को उनका संरक्षण और वात्सल्य अभी तक नहीं मिला है।''

विमान बुखारेस्ट पहुँच चुका था, मुझे अभी आगे भारत जाना था। उसने सोती हुई पुत्री को अत्यंत सावधानी से गोद में लेते हुए कहा, ''आपने जो वात्सल्य और ममता मेरी पुत्री को इस छोटी सी मुलाकात में दी है वह मैं आजीवन नहीं भूलूँगा···काश! हमारे समाज की मनोवृत्ति इतनी संकीर्ण न होती तो हम इतने असहिष्णु न होते।···आपके वात्सल्य, ममता तथा स्नेह ने मुझे आश्वस्ति दी है···। अच्छा विदा! मेरी सहयात्री'' कहते हुए मुझे विचारमग्न छोड़ वह विमान-द्वार से बाहर प्रस्थान कर गया।

□

अभिशप्त

वह उस गौरवपूर्ण व्यक्ति के साथ खाने के कमरे में प्रवेश कर रही थी। दोनों ही दरवाजे के पास खड़े होटल के ठसाठस भरे हॉल में दो खाली जगहें ढूँढ़ रहे थे। मैंने उन्हें कई बार इधर-उधर आते-जाते देखा था; पर कभी बातचीत नहीं हुई। उस युवती के भाव-प्रवण आँखों में कभी-कभी पहचान का संकेत होता, पर वह पुरुष तो देखकर भी अनदेखा कर जाता। इस तरह के कई अनुभव मुझे पहले भी हो चुके थे। पूर्व से आए अधिकतर लोग अपने देश के लोगों से पश्चिमी परदेसी धरती पर जुड़ने से पता नहीं क्यों कतराते हैं!

उनका जोड़ा मुझे कुछ विचित्र सा लगा था। युवती कुछ कम उम्र की, शायद चौबीस-पच्चीस साल की और वह पुरुष हर हाल में पैंतीस-चालीस या उससे कुछ अधिक ही रहा होगा। कमलनाल-सी कोमल उस श्यामवर्ण युवती का चेहरा-मोहरा काफी आकर्षक था, कुछ लुनाई लिये। बड़ी-बड़ी जलज भाव-प्रवण आँखें रह-रहकर सूनी हो उठतीं और चेहरा कहीं किसी गहरे में हो रहे सिंधु मंथन की कथा कहता हुआ सा लगता था।

इस बार मैंने पहल कर ही दी। देखते ही मैंने उन्हें संकेत से बुलाया और पास पड़ी खाली कुरसियों की ओर इंगित किया। पहले तो वह लोग कुछ सकुचाए, पुरुष शायद नहीं आना चाहता था, पर युवती ने ही उसके कानों में कुछ कहा और, कहीं और जगह न होने कारण संभवत: उन्होंने मेरा निमंत्रण स्वीकार कर लिया। आते ही पहले तो युवती ने बिना पुरुष की ओर देखे जल्दी से मुझे धन्यवाद दे डाला। जैसे अगर अभी ही वह धन्यवाद नहीं

देती तो फिर शायद कभी नहीं दे पाती। पुरुष ने कुरसी खींची और बैठ गया। बाद में युवती भी उसके बगलवाली कुरसी पर यंत्रवत् बैठ गई। वह पुरुष अब भी मित्रवत् नहीं हो रहा था। युवती उसके अभद्रता पर असंतुष्ट लग रही थी। किंतु कुछ न कर पाने की असमर्थता उसकी भावपूर्ण आँखों में अनचाहे ही झलक आई।

संभवत: पुरुष उससे अपने मनोनीत ढंग के ही व्यवहार की अपेक्षा करता था। युवती भी सतर्क थी। वह उसके साथ तालमेल बैठाने का जी-तोड़ प्रयास कर रही थी; किंतु अभद्र होना उसका स्वभाव नहीं लगता था।

युवती शालीन और उच्चकुल से संबंधित लगती थी। उसने गले में दो मंगलसूत्र पहन रखे थे। एक कंठी जैसा अत्यंत बहुमूल्य कुछ एंटीक-सा, जिसमें नन्हे-नन्हे हीरे जड़े हुए थे। बेहद नाजुक और खूबसूरत। दूसरा, सोने का काफी लंबा और भारी। मात्र धन का प्रदर्शन। विचित्र मेल था दोनों मंगलसूत्रों का!

पुरुष दुबला-पतला गौरवपूर्ण, कुछ ओजहीन सा चेहरा, किंतु वस्त्र कीमती। उसने गले में मोटी सी सोने की जंजीर और उँगलियों में बहुमूल्य पत्थरों की ढेरों अँगूठियाँ पहन रखी थीं। सदा साथ होते हुए भी दोनों शारीरिक, मानसिक और सांस्कृतिक रूप से अलग ही दिखते थे।

मैं लंदन के अति व्यस्त जीवन के तनावों से छुटकारा पाने के लिए पिछले सप्ताह लेडिस्ट्रिक्ट के इस खूबसूरत होटल में पंद्रह दिन की छुट्टियाँ मनाने आई थी। होटल क्या था—स्वर्ग का एक टुकड़ा! चारों ओर अनंत हरियाली। पहाड़ की चोटियों ने अभी भी बर्फ की टोपी पहन रखी थी। जून का महीना था। धूप में गरमाहट थी। बर्फ पिघलकर, पहाड़ पर से जल-प्रपात बन, बह रहा था। घाटियों में झुंड-के-झुंड डेफोडिल्स हवा के झोंकों के साथ नृत्य करते हुए लगते। अज़ेलिया और फ़ोरयाइथिया की झाड़ियाँ दूर से देवयानियों जैसी लगती थीं। होटल के दक्षिण में विंडरमेयर झील नदी सी बहती थी। दिन में झील के चारों ओर बड़ी चहल-पहल होती। तैरने के अतिरिक्त लोग झील के वक्षस्थल पर तरह-तरह की जल-क्रीड़ाएँ करते, बड़ा मनोहर दृश्य होता। स्त्री-पुरुष सभी मात्र कटि-वस्त्र पहने धूपस्नान करते हुए शवासन में विश्राम करते। बच्चे छिछले पानी में उछल-कूद करते

हुए आनंदमग्न होते। साँझ को डूबता सूरज झील के नीले जल को सोने-सी चमचमाती नदी में बदल देता। कतार में खड़ी पालदार नौकाएँ अद्‌भुत दृश्य का सृजन करतीं।

कल सुबह फिर मेरा आमना-सामना इन लोगों से होटल के बगीचे में बने हुए कॉफी लाऊंज में हुआ था। यह लोग पास ही की मेज पर बैठे कॉफी पी रहे थे। मैं उन्हें देखकर मुसकराई। होटल में वही एक भारतीय जोड़ा था, बाकी सब तो अंग्रेज या यूरोपियंस थे; पर उस ओर से परिचय के लिए कोई स्पंदन नहीं हुआ, इसलिए मुझे अपने पर नियंत्रण रखना पड़ा। किंतु आज का सुअवसर मैं छोड़ना नहीं चाह रही थी। अतः उन्हें अपनी मेज पर निमंत्रित कर ही लिया। थोड़ी देर हम सब चुप बैठे रहे। फिर मैंने ही अपना परिचय देते हुए और उनका परिचय माँगते हुए चुप्पी तोड़ी।

थोड़ी देर दोनों ही चुप रहे, फिर जैसे ही युवती ने कुछ कहने के लिए मुँह खोला, पुरुष ने एक-एक शब्द पर जोर देते हुए कहा, ''हम लोग पति-पत्नी हैं। नार्वे में हमारा बहुत बड़ा कारोबार है। अत्यंत व्यस्त जीवन है। यहाँ आने से लाखों का नुकसान हो रहा है। किंतु क्या कहूँ, पत्नी के मन बहलाव के लिए यहाँ आना हुआ है; स्त्रियाँ कभी खुश नहीं रह सकती हैं। घर में इतना धन-दौलत है, घर का काम करने के लिए नार्वेजियन मेड हैं, गार्डनर है; पाँच-पाँच गाड़ियाँ हैं, एक शोफर भी है, बच्चे हॉस्टल में रहते हैं; इसके ऊपर कोई दबाव नहीं है; फिर भी यह हर समय मानसिक तनाव से ग्रसित रहती है। डॉक्टर ने कहा, इसे जलवायु ही नहीं, परिवेश परिवर्तन भी चाहिए, सो ले आया हूँ, हजारों खर्च करके। अब कर ले जलवायु और परिवेश परिवर्तन। खड़ी हो ले लाइन में नाश्ते और खाने के लिए। यह घास-फूस कोई खाना है। आज मैंने होटल मैनेजर को कह दिया है, जैसे भी हो मुझे भारतीय खाना ही चाहिए। मँगवाएगा साला, चाहे जहाँ से मँगवाए। पैसे दिए हैं, कोई मजाक है।'' पुरुष अपने व्यक्तित्व के छिछलेपन को स्वयं ही परत-दर-परत उजागर करता गया।

लग रहा था, युवती पुरुष के दंभ भरे वाक्यांशों की आदी हो चुकी थी, अतः उसने अपने आँख और कान दोनों ही बंद कर रखे थे। इस समय वह बड़ी सहजता के साथ भोजन ग्रहण करने में तल्लीन थी। साथ ही, लग रहा

था कि काल और समय की दूरी लाँघ वह किसी और संसार में विचरण कर रही थी। उसके चेहरे पर कोमलता उग आई थी। चेहरे का भाव बता रहा था, उसने वह कुछ भी नहीं सुना जो पुरुष कह रहा था। मात्र अपने गले में पहने हुए मंगलसूत्र की नाजुक कंठी से तन्मय खेलते हुए भोजन कर रही थी।

मैंने बातों को नया मोड़ देने और युवती को यथार्थ में लाने के लिए उसके कंधे पर हाथ रखते हुए कहा, "क्यों भई, तुम्हें खाना पसंद आया? बड़ी तल्लीनता से खा रही थी।"

वह हलके से सिहरी, फिर मेरे हाथों पर अपना रेशम-सा कोमल हाथ रखते हुए भीगे स्वर में बोली, "मुझे 'शेपर्डस पाई' बहुत पसंद है। आज के मेनू में वही तो था।"

इसके पहले कि वह कुछ कहती, पुरुष बोला, "इसको तो यही सब गंद-संद पसंद है। मैं ही गँवार-भुच्च हूँ। बहुत अंग्रेज बनती है।" फिर उसकी ओर चेहरा घुमाकर कहा, "यहीं बैठी बतियाती रहोगी या चलोगी भी? कहो तो यहीं खाट-वाट डलवा दूँ तुम्हारे लिए?" फिर अपनी ठिठोली पर वह स्वयं ठठाकर हँसा और इधर-उधर गर्व से देखते हुए अँगूठियों से भरे हाथ से कमरे की चाबी मेज पर से उठाई और बिना युवती की ओर देखे अपने कमरे में जाने के लिए एलिवेटर की ओर बढ़ गया।

युवती कुछ कहना चाह रही थी, पर कुछ कह न सकी। वह उठी और बंदिनी सी उसके पीछे चल पड़ी।

मैं बहुत देर तक वहीं बैठी उसके बारे में सोचती रही। कई प्याली कॉफी पी गई। नींद नहीं आ रही थी। देर रात तक लाऊंज में बैठी रही। बिस्तर में भी करवटें बदलती रही। मन अनमना सा रहा। ठीक से सो नहीं पाई। क्यों कुछ लोग इतने अवश होते हैं? क्यों वह कोई कदम नहीं उठा पाते? क्यों उन्हें कोई रास्ता नहीं मिल पाता? क्यों? इस 'क्यों' का उत्तर मुझे नहीं मिल पा रहा था। दूसरे दिन मैं उन्हें खोजती रही। वह लोग कहीं नहीं दिखे।

पुरुष स्वभाव से ही अहंकेंद्री, स्वहितवादी और नीरस व्यक्तित्व का लगता था। मैंने उसे कभी किसी मनोरंजक क्रीड़ा में सम्मिलित होते नहीं देखा था। अकसर स्वागत-कक्ष, दूरदर्शन-कक्ष अथवा स्वीमिंगपूल के कगार

पर किसी-न-किसी आरामदेह कुरसी पर ऐसी जगह पर बैठा होता जहाँ से वह युवती की गतिविधियों को अच्छी तरह देखकर उसके क्रियाकलापों पर नियंत्रण रख सकता।

उस दिन शाम को भोजन से पूर्व महिला प्रसाधन-कक्ष में अचानक उससे भेंट हो गई। मैं लिपस्टिक लगा रही थी। तभी शीशे में उसकी झलक मिली। लिपस्टिक लगाना छोड़ मैं उसकी ओर पलटी और छूटते ही बोली, "अरे भई, तुम कहाँ चली गई थीं? मैंने तुम्हें कहाँ-कहाँ नहीं तलाशा।"

"आप भला मुझे क्यूँ तलाश रही थीं?" दुःख की गहन छाया उसके चेहरे पर साकार हो उठी। हाथ में पकड़े नैपकिन को मरोड़ते हुए उसे चिंदी-चिंदी करते हुए वह बोली, "मेरे पति की तबीयत कुछ ठीक नहीं थी, अतः दो दिन हम लोग कमरे से बाहर नहीं निकले। वहीं खाना आदि मँगवा लिया था। उन्हें बहुत लोगों से मिलना-जुलना अच्छा नहीं लगता है।" उसने अपने को संयत करते हुए अचंचल स्वर में कहा।

"अच्छा...पर तुम्हें भी क्या वही अच्छा लगता है जो तुम्हारे पति को अच्छा लगता है।" मैंने उसकी घने उदास बादल-सी आँखों में झाँकते हुए कहा।

"नहीं, आपको नहीं पता। उनके मुझपर बहुत एहसान हैं। मुझे उनका कृतज्ञ होना चाहिए।"

"कोई एहसान करे तो उसका कृतज्ञ तो होना ही चाहिए; किंतु कृतज्ञता के कारण अवश तो नहीं होना चाहिए। तुम तनावग्रस्त हो, तुम्हारे पति ने कल शाम ही खाने की मेज पर कहा था। तुम्हारे होंठों की गढ़न थिरकती हुई मुसकराहट के लिए बनी है। तुम्हारी उम्र ही क्या है? यह तो तुम्हारे हँसने-खेलने के दिन हैं। पर तुम इतनी उदास क्यों रहती हो? तुम्हें गहरा दुःख है!"

"ओह! ऐसा कुछ भी नहीं है। आप तो वैसे ही चिंतित हो उठी हैं। पर सच कहूँ, आपसे मुझे आश्वस्ति मिली है। कल मेरे पति व्यापार के सिलसिले में लंदन जा रहे हैं। उनका लोहे और इस्पात का व्यापार है। मुझे भी साथ ले जाना चाह रहे हैं, पर मैं जाना नहीं चाहती हूँ। लंदन के तीव्र गतिवाले वाहनों और वहाँ के बंद कमरों में मेरा मन घबड़ाता है...अच्छा, मैं चलती हूँ। वह

बाहर खड़े मेरी प्रतीक्षा कर रहे होंगे'', कहते हुए वह चलने को उद्यत हुई।

''तो वह तुम्हें वायु-परिवर्तन के लिए नहीं लाए हैं, इतना सब वह कैसे कह लेते हैं और तुम अवश सी बैठी सुन लेती हो।'' मैंने उसका हाथ पकड़कर स्नेह से कहा।

''ओह! इस तरह के हमलों की तो मैं आदी हो चुकी हूँ। उन्हें कुछ तो कहना था न। विपक्षी को घायल करना उनकी क्रीड़ा है। शब्दों से बचाव नहीं हो सकता है। 'चित भी मेरा, पट भी मेरा' उनका सिद्धांत है। मेरा मुखर होना हवन में आहुति डालने के समान होता है। माँ कहती थीं—एक चुप हजार बला टालती है।''

''नहीं, यह सच नहीं है, वह बला टलती नहीं है, मन के अँधेरे कोने में कुंडली मारकर बैठ जाती है और धीरे-धीरे जहर उगलते हुए हमारे आत्मविश्वास को दंशित करती रहती है। तुम्हें अंतरावलोकन के अपने दृष्टिकोण पर पुनः विचार करना चाहिए।''

''ओह! आप व्यर्थ चिंतित हो रही हैं। ऐसा कुछ भी नहीं है'', कहती हुई वह सपाटे से प्रसाधन-कक्ष से बाहर निकल गई। मैं कुछ देर मूर्तिवत् वहीं खड़ी विचलित मन:स्थिति से उसकी अवशता के बारे में सोचती रही।

रात फिर नींद नहीं आई। मन बार-बार उस युवती से हुए संवाद को कपास की तरह धुनता रहा।

दूसरे दिन तनाव-मुक्त होने के लिए अल्पाहार के पश्चात् मैं झील की ओर धूप-स्नान के लिए जाने ही वाली थी कि वह भागी-भागी आई और बोली, ''आप झील पर जा रही हैं न! थोड़ी प्रतीक्षा कर लें तो मैं भी चलूँगी। अकेले जाने को मन नहीं बना पाऊँगी।'' उसके फूले पपोटों और आँखों में उभर आए गुलाबी डोरों को देखकर लगा, शायद वह रात भर सो नहीं पाई थी।

''हाँ-हाँ, क्यों नहीं, एक से भले दो। किंतु तुम्हारे पति… ?'' मैंने पूछा।

''कल रात उन्हें 'अस्थमा' का 'अटैक' हुआ था। डॉक्टर बुलाना पड़ा। अब ठीक हैं। नींद का इंजेक्शन लगा है। अब चार घंटे आराम से सोएँगे। डॉक्टर ने जगाने को मना किया है। ऐसा अकसर हो जाता है। चिंता की कोई बात नहीं।''

वह जल्दी ही कंचुकी और कटि-वस्त्र पहने हाथ में तौलिया और छोटा

सा मोबाइल फोन पकड़े नंगे पाँव मंथर गति से चलती हुई वापस आ गई। उस साँवली युवती की तराशी हुई संगमरमरी देहयष्टि पर से पुरुष ही नहीं, स्त्रियों की नजर भी नहीं हट पा रही थी।

"झील पर चलोगी या इधर घाटी में।"

मैंने उसे कटावदार सीढ़ियाँ दिखाईं, जहाँ ऊँची पहाड़ी पर से कलकल करता झरना नीचे घाटी के एक कुंड में गिर रहा था। कुंड के चारों ओर हरे घास की अप्रतिम हरियाली थी। लाखों की तादाद में डेफोडिल्स मस्ती से हवा के झोंकों के साथ झूम रहे थे। उनके बीच कहीं-कहीं छितरे हुए लाल ट्यूलिप्स सिर उठाए इतरा रहे थे। अतिथियों की सुविधा के लिए वहाँ छोटे-छोटे फूस के कलात्मक मड़ैया बने हुए थे, जिनके नीचे सूर्य-स्नान और विश्राम के लिए फूलदार गद्दे बिछे हुए थे। पास ही फूलों से सजा एक जलपान-गृह भी था।

"ओह, कितना सुंदर दृश्य है जैसे स्वर्ग धरती पर साकार हो उठा हो। वहीं चलते हैं, वहीं कुंड में तैरेंगे। झील के पास तो बहुत भीड़-भाड़ होगी। बच्चे भी होंगे...और फिर मैं अपने को सँभाल नहीं पाऊँगी।" और वह अपने आपको सँभाल नहीं सकी। उसकी आँखों से निश्शब्द मोती-से बड़े-बड़े आँसू टपकने लगे। जल्दी ही उसने स्वयं को व्यवस्थित किया और भर्राए कंठ से बोली, "मैं अभिशप्त हूँ।"

"नहीं, कोई अभिशप्त नहीं होता। परिस्थितियों से जूझ न सकने के कारण, विचलित, आलसी और दुर्बल मनोवृत्ति के लोगों को समझाने के लिए, उन्हें नैराश्य से उबारने के लिए हमारे पुरखों ने 'भाग्य', 'किस्मत', और 'डेसटिनी' जैसे भ्रमात्मक शब्दों की रचना की है। फिर 'अभिशप्त' तो एक पौराणिक, मायावी और काल्पनिक शब्द है। वास्तविक जीवन से इसका कोई संबंध नहीं है। तुम जैसी युवा और समझदार लड़की को शब्दों के ऐसे गुंजल्क में भटकना ठीक नहीं है।"

यद्यपि मैं उसकी मन:स्थिति और परिस्थितियों को समझ रही थी। ऐसे अहंकारी और संकीर्ण मनोवृत्तिवाले पति से सहानुभूति, सहयोग और संवेदना की आशा नहीं की जा सकती है। स्वयं उसके अंदर ही न जाने कितने विषाक्त सर्प फन काढ़े कुंडली मारे बैठे हुए होंगे। अवश्य ही वह उसकी

अवशता पर अपने अहं के नाग को दूध पिलाता होगा।

अचानक आकाश में घने बादल छा गए। दो-चार बूँदें हमारे ऊपर गिरीं। उसने अपने आपको व्यवस्थित किया। चेहरे पर आए आँसुओं को उँगलियों के छोर से पोंछती हुई बोली, ''चलिए, नीचे चलते हैं। कहीं बारिश आ गई तो तैरने का कार्यक्रम रद्द हो जाएगा।''

''नहीं, यह पहाड़ी बारिश है। यह कुछ भी व्यवधान नहीं डालती। यह तो प्रकृति को ऊर्जा देती है। देखो न, घास पर नन्ही-नन्ही बूँदें सूरज की किरणों से अठखेलियाँ करती हुई कैसी हीरे-सी जगमगा रही हैं।'' हम दोनों बातें करते कटावदार सीढ़ियाँ उतरते रहे।

''मेरे पति स्वर्णकार थे, साथ ही संगीत और कलाप्रेमी भी। सौंदर्य-बोध उनकी रक्तशिराओं में स्पंदित था। उनके गढ़े हुए कलात्मक आभूषणों ने 'सर्वोत्तम स्वर्णांजलि पुरस्कार' जीता था। यह जो अद्वितीय मंगलसूत्र आप देख रही हैं न, इसकी परिकल्पना उन्होंने ही की थी। इसका एक-एक तार उन्होंने अपने हाथ से खींचा और रूपायित किया।''

उसने कंठी को इस तरह स्नेह से स्पर्श किया मानो किसी के माथे पर आए श्रमबिंदु को प्यार से स्पर्श कर रही हो।

''यह केवल मंगलसूत्र नहीं है, यह एक अत्यंत बहुमूल्य सतलड़े का हिस्सा है, जिसका नाम 'गठबंधन' है। विचित्र ढंग से हुआ था हमारा गठबंधन'', कहते हुए वह तनिक रुकी फिर बोली, ''उन दिनों मेरी माँ लंदनबृज अस्पताल में मेट्रन थी। वहीं उनकी एक भद्र महिला से भेंट हुई थी। वह अपने पुत्र के साथ पति के किडनी डाइलिसिस के लिए भारत से आई हुई थी। उस रात माँ बस अपनी पारी समाप्त कर घर जाने ही वाली थी कि उन्होंने माँ को रोककर कहा, 'देखिए, लंदन में मेरा कोई परिचित नहीं है। मेरे पति के बचने की कोई आशा नहीं है। उनके बदन में पानी भरना शुरू हो गया है। मेरा पुत्र मेरे साथ है, किंतु उसे यहाँ का कोई अनुभव नहीं है। मैं बहुत बड़ी विपदा में हूँ। मेरे पति की अंतिम अभिलाषा है कि उनके पुत्र का विवाह उनकी आँख बंद होने से पहले हो जाए। अब आप बताएँ, मैं इस अनजाने देश में उनकी अंतिम इच्छा कैसे पूरी करूँ?'

''माँ ने उन्हें धीरज बँधाते हुए कहा, 'एक मिनट रुकिए, इस तरह मन

छोटा मत कीजिए। मुझे डॉक्टर की रिपोर्ट तो देख लेने दीजिए।'

"माँ ने रिपोर्ट देखकर कहा, 'हाँ, स्थिति तो शोचनीय है। आपके पास समय अधिक नहीं है।'

"वह महिला उनका हाथ पकड़कर बोली, 'आप मेरी सहायता करें, बहन। अवश्य ही आपके जान-पहचान में कोई भारतीय होगा, जो मेरी सहायता कर सकता हो।' उन्होंने आँसुओं को पीते हुए कहा।

"माँ ने उन्हें चकित करते हुए हिंदी में कहा, 'हाँ, मैं एक अत्यंत विद्वान् पंडित विवेकानंद को जानती हूँ। वह मेरी पुत्री को हिंदी पढ़ाने के साथ ही भारतीय संस्कृति और दर्शन से भी परिचय करा रहे हैं। मैं उन्हें कल यहाँ बुला लेती हूँ।"

" 'ओह, आप तो हिंदी बोल लेती हैं। वह कैसे?'

"माँ ने अपने जीवन की संपूर्ण कथा कह सुनाई।

□

सत्रह वर्ष पहले वह एडिनबरा की रॉयल इनर्फमरी अस्पताल में छात्र-नर्स थी। चिकित्सा के लिए आए एक श्यामवर्ण महाराष्ट्रियन ब्राह्मण ने उनके मन को ऐसा मोहा कि वह उससे मित्रता करने के लिए, उससे हिंदी एवं भारतीय संस्कृति की शिक्षा ग्रहण करने लगी। जितना ही वह उससे मिलती उतना ही उन्हें लगता कि वह उनके मन-प्राण में समाने लगा है। जब वह स्वयं पर और अधिक नियंत्रण नहीं रख सकी तो अपने मन की बात उसे बताई तो उसने अत्यंत संयमित स्वर में बताया कि उनका विवाह बचपन में ही हो चुका है। अभी गौना नहीं हुआ है। पत्नी अभी अपने माता-पिता के पास है, वयस्क नहीं है। वयस्क होने पर ही गौना होगा। और वह वचनबद्ध है।

"माँ सत्तरवें दशक की स्वतंत्र एवं उन्मुक्त विचारोंवाली अति संवेदनशील युवती थी। उनपर अपने युग का पूरा प्रभाव था। उन्हें भारतीय संस्कृति, संगीत, दर्शन, वस्त्राभूषण सबकुछ पसंद था, किंतु उनके माता-पिता सामंती थे। अत: माँ उनके विक्टोरियन अनुशासन और संस्कृति का प्रचंड विरोध करती थी। एक दिन पारिवारिक कलह से संत्रस्त हो वह उनका संरक्षण छोड़ नर्सेज क्वार्टर में रहने चली आई। तब तक वह युवक उनके लिए सौर्य-मंडल हो चुका था और वह पृथ्वी। माँ दिन-रात उनकी परिक्रमा करने लगी।

''अंत में वही हुआ। वह उनका प्रणय अस्वीकार नहीं कर सके। उन्होंने आपसी सहमति से सहवास कर गंधर्व विवाह किया। यद्यपि वह केवल दो वर्ष के छात्र-वृत्ति पर स्कॉटलैंड आए थे और उनके भारत जाने की अवधि पूरी हो चुकी थी; किंतु माँ के अनुरोध पर तीन माह और रुक गए। इसी बीच माँ को उसका मन-वांछित वरदान मिल गया, वह गर्भवती हो गई। युवक नियत समय पर भारत प्रस्थान कर गया। माँ ने उसे नहीं बताया कि उसका वीर्य उसके गर्भ में पल्लवित हो रहा है।

''जल्दी ही माँ का परिचय संसार की वास्तविकताओं और विषमताओं से होने लगा। उस समय स्कॉटलैंड का युवा समाज इंग्लैंड का अंधानुकरण कर केवल सतही प्रगति कर सका था। माँ के इस दुस्साहस से उनके सभी मित्र आतंकित हो उठे, और उन्होंने उनका सामाजिक बहिष्कार कर दिया। माँ से और अधिक संत्रास नहीं झेला गया। एक रात बिना किसी को बताए वह चार सौ मील दूर 'हिच-हाइकिंग' करती हुई लंदन आ गई।

''लंदन अत्यंत विशाल, बहुरंगी, बहुभाषीय और बहुसंस्कृति का केंद्र था। वहाँ अवैध संतान को फैशनेबुल लोगों के बीच 'विशेष प्रेम से उत्पन्न संतान' की संज्ञा दी जाती थी। अविवाहित माँ को मिलनेवाली सभी सुविधाएँ माँ को बिना किसी अनादर के उदार कानून के तहत 'वेलफेयर स्टेट' से मिल गईं।

''माँ का भारतीय संस्कृति के प्रति लगाव मेरे जन्म के साथ और बढ़ गया। मैं अपने पिता की भाँति श्यामवर्णा एवं शांत स्वभाव की थी। माँ मुझे पिता की अनुकृति पा चरम आनंद एवं संतोष का अनुभव करती। घर पर मैं माँ के साथ रविशंकर का सितार और आल्हारखा खाँ का तबला वादन सुनती हुई स्वप्नलोक में विचरण करती। स्कूल में श्वेत सहपाठियों के बीच 'पाकी', 'काली-कलूटी' और दोगली जैसी उपाधियों से विभूषित होती। अवैध संतान और काउंसिल फ्लैट में रहने के नाते भारतीय साथियों के बीच भी मैं स्थान नहीं पा रही थी। चारों ओर से उपेक्षा और निरादर। मेरा व्यक्तित्व अंतर्मुखी होता जा रहा था। माँ मेरे भविष्य के बारे में चिंतित थी।

''स्कूल में मेरी शिक्षिकाएँ मेरी कुशाग्र बुद्धि से चकित एवं प्रभावित थीं। संगीत, कला एवं नृत्य में मेरी अभिरुचि देख उन्होंने माँ से अभिभावक

संध्या के साक्षात्कार में कहा, 'पढ़ने-लिखने के अतिरिक्त तुम्हारी पुत्री में ललित-कलाओं के साथ नृत्य और संगीत की विशेष प्रतिभा है। उसे उचित दिशा मिलनी चाहिए।'

''माँ मुझे स्थानीय चर्च-हॉल में संध्या के समय 'टैप-डांसिग' और 'बैले' सिखाने के लिए ले जाने लगी। एक दिन प्रिया और पवार हमारे स्कूल में कथक-नृत्य का प्रदर्शन करने आए। उनके नृत्य ने मुझे इतना प्रभावित किया कि मैं महीनों उनके नृत्य को आँख बंद कर चलचित्र की तरह देखती और उसका अनुकरण करती।

''माँ धीरे-धीरे मेरी रुचियों से अवगत होती जा रही थी; किंतु वह अपने सीमित आय के कारण अवश थी। मैं माँ की सीमा और पीड़ा से अवगत थी।

''इसी बीच पंडित विवेकानंद उच्च रक्तचाप और मधुमेह की चिकित्सा के लिए अस्पताल में भरती हुए। रात्रि को ओषधि देने के पश्चात् जब माँ जाने लगी तो उन्होंने उसे बुलाकर कहा, 'नर्स, मुझे प्रातःकाल पूजा और ध्यान के लिए एकांत की सुविधा चाहिए। क्या आप कोई प्रबंध कर सकती हैं?'

''माँ को अचानक अपने उस सुखद अतीत की याद आ गई। जिसके सुख ने उसे आज तक किसी अन्य पुरुष से संबंध नहीं बनाने दिया। उन्होंने उत्फुल होकर कहा, 'हाँ, क्यों नहीं, यदि आप अन्यथा न लें तो एक बात कहूँ।'

'' 'कहिए न। कोई असुविधा··· ?' विवेकानंदजी ने कहा।

'' 'नहीं, कोई असुविधा नहीं, मैं मात्र आपके मंत्रोच्चार की मधुर ध्वनि का आस्वादन करना चाहती हूँ।'

'' 'बस इतना ही, और इतना संकोच। यह तो मेरा सौभाग्य होगा। आपकी मनोकामना पूर्ण होगी, बेटी!'

''माँ ने उनके चरण छू प्रणाम किया। वार्ड के सभी लोग हतप्रभ माँ को देखते रहे।

''फिर मेरे जीवन में एक नया पृष्ठ खुला। मैं पंडित विवेकानंद की शिष्या बन गई। मुझे भारतीय संगीत, संस्कृति, भाषा एवं नृत्य की शिक्षा

मिलने लगी। पंडितजी ने माँ को पिता का स्नेह और मुझे पितामह का वात्सल्य दिया। मैं उन दस वर्षों में कब कुरूप कीड़े से तितली बन गई, मुझे पता ही न चला।

□

''फिर उस दिन उन्होंने ही मुझे मरणासन्न पिता की अंतिम आकांक्षा, दु:ख से विह्वल माता तथा पिता की अंतिम इच्छा पूर्ण करने के कर्तव्य-बोध से बँधे, तन-मन से आतुर उस सुदर्शन पुत्र की मार्मिक कथा बताई। मैं स्वयं उस भारतीय परिवार से मिलने को आतुर हो उठी।

''मृत्यु की भयावह छाया में ही मैं उन लोगों से मिली। पुत्र पिता के पास बैठा 'भगवद्गीता' के श्लोक पढ़ रहा था। दु:ख से विह्वल माता शय्या पर लेटे रुग्ण पति के सिर पर स्नेह से हाथ फेर रही थी। मेरे आगमन पर मरणासन्न व्यक्ति ने आँखें खोलीं और मुझे पास बुलाकर मेरे सिर पर हाथ फेरते हुए कहा, 'अब मैं निश्चिंत हो देह-विसर्जन कर सकता हूँ। मेरी पुत्र-वधू आ गई।''

''मैं स्वप्नवत् थी। लगा, मेरे शीश पर चाँद और तारों का झिलमिलाता वितान तन गया है। मैं किसी कानन-वन में लताओं और द्रुमों के बीच खड़ी हूँ, मेरे चारों ओर सुवासित रंग-बिरंगे सुमन खिल उठे हैं। फूलों से लदे विशाल वृक्षों की गुलाबी पँखुड़ियाँ झर-झर मुझपर फूलों की वर्षा कर रही हैं।

'' 'तभी उनके पुत्र ने 'भगवद्गीता' को प्रणाम कर पिता के चरण छूए और मेरे पास आकर मंदिर में बजती हुई घंटी-सा कुछ बोला। मैं कुछ सुन न सकी। नि:शब्द साँसों का आरोह-अवरोह धौंकनी-सा चलने लगा। देह में फैले सारे स्नायुतंत्र एक साथ सितार के तार-से झंकृत हो उठे।

''लगा, किसी देवपुरुष ने चुपके से मेरी आँखों को असीम स्नेह से अपनी कोमल कलात्मक उँगलियों से ढककर पूछा, 'बोलो तो मैं कौन हूँ?' और मैंने उसके हाथों पर अपना हाथ रखते हुए स्मित हास्य के साथ तरंगित हो कहा, 'तुम,. तुम मेरे प्रिय रत्नमणि हो। हो न? मेरे शलाका पुरुष!'

''उस समय मैं केवल सत्रह वर्ष की थी। इंग्लैंड में विवाह की आयु अठारह वर्ष थी। अत: पिताजी को विशेष कैंपर में लेकर हम सब लोग स्कॉटलैंड और इंग्लैंड के सीमा पर बने हुए विवाह के रजिस्ट्रार ऑफिस

ग्रेटना ग्रीन गए। समय अधिक नहीं था, अतः उसी शाम पंडित विवेकानंदजी ने स्थानीय आर्य समाज मंदिर में भारतीय पद्धति से हमारे विवाह को पवित्र मंत्रोच्चार के साथ संपन्न किया।

"पाँच दिनों के बाद पिताजी ने अपना देह त्याग दिया। वह जब तक जीवित रहे, चैतन्य रहे। उनका स्नेहस्पर्श मुझे आज भी याद है। सदा के लिए पलकें बंद करने से पूर्व उन्होंने मेरा हाथ अपने हाथ में लेते हुए कहा, 'बेटी, जीवन एक ऐसा चित्रवृत्त है जो कभी पूरा नहीं होता। हाँ, उसे पूर्ण करने का प्रयत्न हम जीवन भर करते हैं, और करना चाहिए, यही कर्म है, यही संसार है।'

"मुझे वह एक विशाल कैनवस दे गए...

"उसमें प्रकृति के साथ मैं स्वयं भी इंद्रधनुषी रंग भर रही थी।

"माँ ममता, स्नेह और वात्सल्य की विशाल सागर थी तथा पति का प्यार तो असीम और अनंत था। जीवन पर्व था और मैं प्रतिदिन एक उत्सव मनाती। मेरे पति और माँ मुझे पाकर धन्य हो उठे थे। मैं कोयल-सी कुहूकती, मोरनी-सी आह्लादित नृत्य करती और सुख के सागर में हिलोरें लेती।

"मेरे पति स्वर्णकार होने के साथ ही हीरे-पन्ने के व्यापारी भी थे। माँ चित्रकार थी। अधिकांश आभूषणों की रूपरेखा वह माँ के साथ मिलकर स्वयं चित्रित करते थे। मैं उनमें रंग भरती। जब कभी वह किसी विशेष आभूषण को स्वयं रूपायित करते तो मैं उनके साथ होती। आभूषणों के जड़त में रंगों का चयन मेरा होता था। उनके कलात्मक आभूषणों की चर्चा देश-विदेश में थी।

"मेरे दिन सोने के और रातें चाँदी की।

"तभी हमारी खुशियों पर स्वर्णकिरीट लगाने आई हमारी पुत्री। हम सब आनंद विभोर हो उठे। लंदन से माँ और विवेकानंदजी अपनी नतनी को आशीर्वाद देने आए। माँ छह महीने हमारे साथ रही। उसके आने से हमारे विशाल भवन के प्रांगण में रोज कोई-न-कोई सांस्कृतिक उत्सव आयोजित होता। नृत्य में मेरी रुचि देख नृत्य-प्रदर्शन के लिए मेरे पति ने एक विशेष नृत्य-कक्ष का निर्माण करवाया। मैं उर्वशी और रंभा-सी नृत्य कर उन्हें रिझाती।

''चलते समय माँ ने अपनी वसीयत के कागज मेरे हाथ में थमाते हुए कहा, 'यह छोटा उपहार मेरी नतनी के लिए है। बेटी, जीवन का कोई भरोसा नहीं है। तुम्हें सुखी और वैभव में देखकर आत्मा तृप्त हो उठी है।'

''माँ से वह मेरी अंतिम भेंट थी।

''उन्हीं दिनों जहाँगीर आर्ट गैलरी, मुंबई में विश्व स्तर पर कलात्मक आभूषणों की प्रदर्शनी लगनेवाली थी। मेरे पति दो करोड़ के हैदराबादी और राजस्थानी शैली के पुरातन कलात्मक आभूषण अपने दो कर्मचारियों को साथ लेकर बड़े उत्साह से उसमें सम्मिलित होने मुंबई गए। देश-विदेश से आभूषण निर्यातकों के प्रतिनिधिमंडल आए हुए थे। प्रात: ही उन्होंने अति प्रसन्न हो दूरभाष पर बताया कि अमेरिका से उन्हें दो करोड़ डॉलर के सौदे का अनुबंध मिला है। माँ बेटे की सफलता पर प्रसन्न थी और मैं गर्वित। वह प्रदर्शनी का अंतिम दिन था।

''फिर वह काला दिन आया जब अयोध्या में बाबरी ढाँचा ढहा दिया गया था। सारे भारत में तहलका मच गया। जोगेश्वरी चाल में रहनेवाली एक महिला पर मिट्टी का तेल छिड़ककर किसी ने आग लगा दी। बस शांत, सुंदर और कला के केंद्र मुंबई पर गाज सी गिर पड़ी। सांप्रदायिकता ने ऐसा नृशंस खेल खेला कि गली-गली रक्त की नदियाँ बहने लगीं। लाखों की तादाद में वहशी दरिंदों ने प्रदर्शनी-भवन पर धावा बोल दिया। क्षण भर में लूटपाट, आगजनी, गोला-बारी और नरसंहार का तांडव मेरा सौभाग्य-सिंदूर और माँ का एकमात्र पुत्र बंर्बरता से लूट ले गया।

''मैं विक्षिप्त। चूड़ियाँ टूटीं, सिंदूर पुछा। यह कैसा वैधव्य? पति का पार्थिव देह नहीं। उनके अंतिम दर्शन नहीं। अग्नि को क्या समर्पित करूँ। मैं अंधड़ में जड़ छोड़ बैठे वृक्ष-सी अररा गई। माँ कर्तव्य-बोध से बँधी थर्राते होंठ से निरंतर फूटने को आतुर आर्तनाद को घूँट प्रकृतिस्थ होने का प्रयास करती, कभी अपनी छह वर्षीय पौत्री को हाहाकार करती छाती से लगाती, तो कभी मेरे पथराए देह पर सांत्वना भरा हाथ फेरती, मूक रुदन करती स्वयं को व्यवस्थित करने का प्रयास करती।

''मैं न जाने कितने दिनों अचेत रही। माँ को अकेले ही सबकुछ सँभालना पड़ा। देनदारों को देने के पश्चात् जो कुछ बचा, वह सब माँ ने मुझे सौंपना

चाहा, किंतु मैं तो जड़ हो चुकी थी। घर के संकटकालीन और उदास वातावरण का प्रभाव बच्ची के कोमल मन को असंतुलित और कुंठित कर रहा था। अतः कुछ दिनों के लिए माँ ने उसे अपनी मौसेरी बहन के पास भेज दिया।

''मेरी स्थिति सामान्य नहीं हो पा रही थी। 'मुझे मेरा पति चाहिए', मैं माँ से कहती, 'मुझे उनकी बाँहें चाहिए। मुझे उनकी देह चाहिए। मुझे उनका स्पर्श चाहिए। माँ, मुझे रत्नमणि चाहिए।' शोकातुर माँ अंदर-अंदर बिलखती आर्तनाद करती, किंतु मेरे कारण खुलकर विलाप भी नहीं कर पाती।

''मेरी जीने की इच्छा समाप्त होती जा रही थी। एक-दो बार मैंने आत्महत्या का भी प्रयास किया। माँ घबरा उठी। अंत में मनोवैज्ञानिक डॉक्टर ने कहा, 'संभवतः इसे पुरुष संबल की आवश्यकता है।'

''उन्हीं दिनों माँ की मौसेरी बहन का विधुर देवर नॉर्वे से अपने लिए साथी खोजने आया था। मौसी ने माँ को पट्टी पढ़ाई। डॉक्टर ठीक कहते हैं। दोनों ही दुःखी हैं, शोकातुर हैं। एक-दूसरे का दुःख बाँटते हुए नया जीवन आरंभ करेंगे। तुम कब तक जवान बहू को अपने पंखों के नीचे दबाए रखोगी। राँड़ और साँड़ बंधन में नहीं रह सकते। मेरे देवर के पास धन-दौलत की कोई कमी नहीं है। सुख-सुविधा में पली इस जवान-जहान विदेशी लड़की को यहाँ लोग मिनटों में चीथ खाएँगे। तुम कब तक रखवाली करोगी। व्यापार भी ठप्प हो गया है। देश-विदेश घूमेगी। वातावरण बदलेगा तो जीवन अपने आप पटरी पर आ जाएगा। माँ संतुलित नहीं थी, उनका मनोबल टूट चुका था। उन्हें भविष्य दुःख-स्वप्नों का एक ऐसा सुरंग लग रहा था, जिसमें बारूद बिछा हो। हर कदम पर मौत खड़ी उनके विश्वास को चिंदी-चिंदी कर हवा में बिखेर रही थी।

''मौसी के विधुर देवर दो-तीन बार हमें सहानुभूति देने आए। माँ से कहने लगे, यहाँ का माहौल इसके लिए ठीक नहीं है। नॉर्वे में उनके पास हर तरह की सुविधा है। बच्चे बोर्डिंग स्कूल में हैं, अतः घर पर इसका ही साम्राज्य होगा। मुझसे भी कहा कि वह बहुत अकेले हैं। उन्हें एक अच्छे मित्र और साथी की आवश्यकता है। मैं माँ की जान थी। मेरा बिछोह उनके लिए असह्य था, किंतु मेरे सुख के लिए वह तैयार हो गई। माँ ने मुझसे पूछा, किंतु मुझमें निर्णय की शक्ति नहीं थी।

''मेरे विवाह में माँ और मौसी के अतिरिक्त और कोई नहीं था। मौसी ने ही हमारे निर्णय लिये।

''घर में बेदी बनी। मौसी और पंडितजी ने मेरा गठबंधन उस विधुर से करा दिया।

''विदा के समय माँ बिछोह से विह्वल भर्राए स्वर में बोली, 'बेटी, यह संसार एक रंगमंच है। हम सबको अपनी-अपनी भूमिका निभानी होती है। अनंत काल तक कोई रहनेवाला नहीं है। तुम्हें यह जो जीवन चित्रवृत्त मिला है उसके कैनवस पर रंग भरने हैं।' और उनका कंठ गीले कपास की गठरी-सा ठस्स, अवरुद्ध हो गया।

''मेरी पुत्री मुझसे रोती हुई लिपट गई। कहने लगी, 'माँ, पिताजी तो मुझे छोड़कर चले गए और अब तुम भी जा रही हो।'

''माँ ने उसे अपनी गोद में भींच लिया और बोली, 'मेरी गुड़िया, मैं हूँ न तेरे पास, तेरी पितामही। माँ को अभी और बहुत से कार्य करने हैं।' उसे नेह से थपकते हुए उन्होंने मुझे साहस बँधाया, 'तुम कोई चिंता मत करना बेटी। हम शीघ्र ही संतुलित हो जाएँगे। फिर हम मिलते रहेंगे।'

''मैं अपनी पुत्री को कोई आश्वासन नहीं दे पाई। अर्ध-चेतना में अवश खिंचती हुई मौसी के देवर के साथ अदृश्य मार्ग पर चल पड़ी।

''एअरपोर्ट पर पिता के संग अपने ही वय की एक अपरिचित युवती को देख भाई-बहन दोनों ही ईर्ष्या-दाह से भभक उठे। एयरपोर्ट पर ही उनके अपमानजनक व्यंग्यबाण मुझे अंदर तक बींध गए। कुंठित, विद्रोही और बिगड़ी हुई निरंकुश संतानें मेरी ही नहीं, पिता की भी अवमानना करती। पूरा परिवेश संवेदनहीन, नपुंसक और तिलमिलाता हुआ…''

वह बिछोह-पीड़ा से घायल चिरैया सी फुनगी और शाख के अभाव में असहाय दीवारों से सिर मार रही थी। मैं करुणा और वात्सल्य से विगलित स्वयं ही असहज हो उठी थी। सांत्वना के सही शब्द अभी खोज ही रही थी कि उसके मोबाइल फोन की घंटी घनघनाई। दाहिने हाथ से गाल पर लुढ़कते आँसुओं को पोंछते हुए उसने रुँधे गले से कहा, ''वह जग गए हैं, मुझे जाना होगा। आप मुझे क्षमा कीजिएगा…'', कहते हुए वह विश्राम-शय्या पर से उठ बैठी।

''अरे, कैसी बात करती हो, दुःख बाँटने से ही हलका होता है। सुनो,

तुम इक्कीसवीं सदी की संतान हो। यह युग जीने का है, कंधे पर सलीब ढोने का नहीं। विकल्प खोजो, विकल्प। आज की यह दुनिया विकल्पों की है।''

वह शायद मेरी बात सुन नहीं सकी। इसके पहले कि मैं उससे कुछ और कहती, वह तौलिया और मोबाइल फोन हाथ में उठा, घबराई हिरनी-सी, खुद निर्मम अहेरी के पाश में शरण लेने भागी।

यह कैसा विधान? यह कैसी विडंबना? यह कैसा समीकरण? परिस्थितियों और परिवेश ने इस बच्ची को एक ऐसी मुरगी बना दिया है जिसकी गरदन को मरोड़ उस दरिंदे ने अपने हाथ में दबा रखा है और धड़ को चाबुक मारकर कहता है—दौड़।

उस रात फिर मैं सो न सकी। पढ़ने का प्रयास किया, किंतु आँखें बार-बार उस सूनी, तरल मृगशावक-सी आँखों के घेरे और तनाव से भरे कोमल शिशु-से निर्दोष चेहरे पर टिक जातीं। सारी रात करवटें बदलते प्रातः की प्रतीक्षा में बीती, किंतु अलसुबह ऐसी नींद आई कि मध्याह्न तक सोती रही।

भोजन-कक्ष में बैठी मैं अधीरता से उस जोड़े की प्रतीक्षा कर रही थी कि पता चला, वह लोग कल सुबह 'चेक आउट' कर गए।

मन खिन्न हो उठा। बातचीत के मध्य उसने अपना पता बताया था; पर नॉर्वेजियन नाम और पते ऐसे दुश्कर होते हैं कि उन्हें याद रखना अत्यंत कठिन होता है, फिर मेरी स्मृति तो बहत्तर छेदोंवाली छलनी है। उससे मिलने और संपर्क करने का कोई विकल्प नहीं दिख रहा था। अनमने, उचाट और खिन्न मन से लंदन लौट आई। उस युवती के जीवन-वृत्त को भूलाना दुश्वार हो गया। जितना भी पता याद था, उसपर चिट्ठी भेजी, पर वह चिट्ठी लौट आई।

□

ईस्ट लंदन के जिस क्षेत्र में मैं रहती थी वह 'डिमोलिशन' में आ गया। पुरातन के मोह को छोड़ मैं साउथ लंदन आकर बस गई। उससे संपर्क की कोई क्षीण आशा भी नहीं रही। किंतु वे जलज 'नीर भरी दुःख की बदरी'-सी आँखें जब कभी मुझे याद आतीं तो मेरा तन-मन व्यथित हो उठता।

इधर कई दिनों से सोच रही थी, गले में पड़ा मंगलसूत्र घिस गया है। थोड़ा सा सोना डालकर उसे फिर से गढ़वा लूँ। उन्हीं दिनों ओलंपिया में आभूषण-प्रदर्शनी लगी थी। उद्घाटन समारोह में सम्मिलित होने के लिए

निमंत्रण-पत्र भी आया था। सोचा, मौका अच्छा है, लगे हाथ दोनों काम हो जाएँगे।

तीन-चार दुकानें देख डालीं, कहीं कुछ पसंद नहीं आया; किंतु पाँचवीं दुकान के कलात्मक आभूषणों ने तो जैसे मेरा मन मोह लिया, और उससे भी अधिक जो मेरे मन को मोह रही थी, वह थी स्वर्ण-प्रतिमा सी सुंदर वह कन्या जो मुझे आभूषण दिखाते हुए झरने-सी कल-कल करते मधुर स्वर में कह रही थी, "कहिए, क्या दिखाऊँ आपको? यह देखिए गुलूबंद, निजाम हैदराबाद स्टाइल और यह राजस्थानी मीनेवाला जड़ाऊ पेंचदार कंगन तथा यह सतलड़ा मंगलसूत्र—इसे 'कंठी' की तरह भी पहना जा सकता है और सतलड़े हार की तरह भी। यह देखिए, यह पेंच, कैसी सफाई से दो अलग आभूषण बन जाते हैं—'टू इन वन'। यह अत्यंत कलात्मक है…"

अभी वह वाक्य पूरा भी नहीं कर पाई कि मैंने खटाक से उसकी बात को काटते हुए कहा, "सुनो! तुम रत्नमणि की पुत्री हो क्या?"

"हाँ, पर आप मेरे पिता को कैसे जानती हैं? उनकी तो मृत्यु तभी हो गई थी जब मैं छह-सात वर्ष की थी।"

"नहीं, मैं उन्हें नहीं जानती। मैं तुम्हारी माँ को जानती हूँ। वर्षों पहले मैं उन्हें लेक-डिस्ट्रिक्ट में मिली थी।"

"ओ, हाँ, माँ आपको अकसर याद करती है। लंदन आने पर हमने आपका बहुत पता लगाया, पर आपने शायद घर बदल दिया था। माँ पीछे कमरे में आभूषणों की देख-रेख कर रही है। मैं अभी उन्हें बताती हूँ", कहते हुए उसने 'इंटरकॉम' पर बड़ी चतुरता से अपनी माँ को किसी परिचित के आने की सूचना दी।

"आप बैठिए न! उन्हें आने में कुछ देर लगेगी। आभूषणों का काम है न, बहुत सावधानी रखनी होती है। तब तक आप हमारे कलात्मक आभूषणों को देखिए।" वह किसी चतुर व्यापारी सी बोली। फिर किसी और ग्राहक को आभूषण दिखाने लगी।

जरा सी देर में उस छोटी सी लड़की ने देखते-देखते पचास-साठ हजार का व्यापार कर लिया। बिलकुल पिता पर गई है।

उत्सुकता और उत्तेजना से मन पुलक रहा था। एक दशक पूर्व का वह

दृश्य चलचित्र सा आँखों के सामने आ गया। कैसी मृगछौना-सी भयभीत वह भागी थी अपने आखेटक की शरण में!

तभी वह आई। कुछ व्यस्त, पर आत्मविश्वास से दीप्त बिलकुल वैसी ही तन्वंगी। बस नितंब और लंबे चेहरे पर कुछ भराव सा आ गया था। लंबे बाल अब कंधों पर झूल रहे थे। मुझे देखते ही लिपट गई। थोड़ी देर स्नेह के स्पंदन को हृदय में समोती बाँहों में लिपटी रही। फिर होंठों पर थिरकती हँसी लिये स्वयं को व्यवस्थित करते हुए बोली, ''आप क्या पिएँगी—चाय, कॉफी या कुछ ठंडा?''

''बैठो, कुछ भी नहीं। तुम्हें स्वस्थ और संतुलित होने के साथ आत्मबल से दीप्त देख मन जुड़ा गया।'' मैंने उसे पास बैठाते हुए कहा।

''कुछ तो पीना ही होगा। मुझे भी प्यास लगी है। सुबह से ही हम दोनों आभूषणों के प्रदर्शन में लगे हैं। अब सबकुछ व्यवस्थित हो गया है तो कुछ पीने को मन कर रहा है'', कहते हुए उसने जूस का एक छोटा कार्टन मेरे हाथ में थमाया। फिर स्वयं भी एक कार्टन लेकर पास आ बैठी और बोली, ''ओह! कितना अच्छा लग रहा है आपसे मिलकर! उस समय मैंने अपना जीवन-वृत्तांत सुना आपको बहुत दुःखी किया था।''

''नहीं, तुमने दुःखी नहीं किया था। दुःखी तो मैं अपनी असमर्थता पर थी कि मैं तुम्हारी कोई सहायता नहीं कर पा रही थी। यहाँ तक कि सांत्वना के सही शब्द भी नहीं खोज पा रही थी।''

''नहीं, नहीं, ऐसा मत कहिए। आपने मुझे ऐसे समय में आश्वस्ति दी थी जब मैं फुफकारते विषधरों से भरी अँधेरी सुरंग में अकेली भटक रही थी।''

''ओह! उस अंतिम दिन जब मैं कमरे में पहुँची तो वे मुझे पास न पा अत्यंत क्रोधित हो उठे। मुझे देखते ही कंधों से पकड़ तेजी से झकझोरते हुए चिल्लाए, अब हम लेक-डिस्ट्रिक्ट में एक दिन भी नहीं रह सकते। तुम हाथ से निकलती जा रही हो। हर ऐरे-गैरे से घी में खिचड़ी की तरह घुल-मिल जाती हो। यहाँ पति मौत के मुँह में पड़ा है और पत्नी गुलछर्रे उड़ा रही है।'

''बस फिर क्या, दूसरे दिन हम टैक्सी से मैनचेस्टर चले गए। एक दिन वहाँ ही रहना पड़ा, क्योंकि फ्लाइट दूसरे दिन थी।

''घर आने के दो-तीन दिन बाद जब वह शांत हुए तो मैंने कहा,

'कितना अच्छा हो यदि माँ और बिटिया थोड़े दिनों के लिए नॉर्वे आ जाएँ।' सुनते ही उनका पारा गरम हो उठा, पैर पटकते हुए दहाड़े, 'यह कभी नहीं हो सकता। विवाह से पहले ही मौसी से अनुबंध हो चुका था कि तुम्हारी सास और लड़की कभी भी नॉर्वे नहीं आएँगी।'

''मैं स्तब्ध सोचने लगी। ओह! यह कैसा अन्याय हुआ मेरे साथ? यह कैसा धोखा हुआ? यह कैसा रिवाज है? यह कैसी रीति है?

''मैं संज्ञा-शून्य पथराई घायल हिरनी-सी तड़पती रही।

''तभी मेरे पति की दोनों संतानें छुट्टियों में घर आ गईं। वातावरण और विषाक्त हो उठा। न जाने क्या हुआ उस दिन, मुझे याद नहीं। वह लड़की क्रुद्ध सिंहनी-सी गरजी और मेरे गले में पड़े हुए मंगलसूत्र को झटके से खींचती हुई बोली, 'तुम मेरी माँ नहीं हो। तुम मेरी माँ का मंगलसूत्र नहीं पहन सकती हो। तुम्हारे पास कोई प्रमाण नहीं है कि तुम मेरे पिता की पत्नी हो। तुम उनकी रखैल हो, रखैल। मेरे विलासी पिता के खेलने के लिए, एक देह, सिर्फ देह! वेश्या! यू आर अ प्रॉस्टिट्यूट। आई हेट यू। गेट आउट ऑफ माई हाउस।'

''मेरा मोह भंग हुआ, जैसे कोई परदा हटा मेरी आँखों के सामने से। मैं वहाँ एक पल भी न रुक सकी। 'हिच-हाइकिंग' करती स्टैवांगर से ओस्लो पहुँची और फिर वहाँ से भारत।

''मैं समझ रही थी, इस तरह अचानक मुझे देखकर माँ मुझसे रुष्ट होगी; किंतु उन्होंने मुझे गले से लगा लिया। व्यवस्थित होने पर मैंने उन्हें सारी कहानी बताई। वह दुःख से हाहाकार कर उठी। बोली, 'ओह! बेटी, हमारे साथ बहुत बड़ा धोखा हुआ। मुझे नहीं मालूम, मेरी बहन ने मेरे साथ यह चाल क्यों चली? पीड़ा से उनके माथे की नसें फूल उठीं।

''उसी समय एक सुखद संयोग हुआ, स्कॉटलैंड से सॉलिसीटर का पत्र आया कि मेरे नाना मृत्यु से पूर्व अपनी सारी संपत्ति मुझे वसीयत कर गए हैं। हम दोनों ने शीघ्र ही निर्णय लिया कि हम स्कॉटलैंड में अपने खानदानी आभूषणों का व्यापार करेंगे।

''स्कॉटलैंड में व्यापार कुछ ठीक नहीं चला। अतः हम लोग लंदन आ गए। वेंबले में हमारा शोरूम है, नाम है—'रत्नमणि ज्वैलर्स'।'' □

दायरे

मैं अपने बड़े बेटे के पास बलोइन जा रही थी, उसकी पोस्टिंग हाल ही में बलोइन में हुई थी। बेटे के हिसाब से बलोइन एक बेहद ख़ूबसूरत पोर्ट है, जिसे मुझे ज़रूर देखना चाहिए। बलोइन जाने के लिए डोवर–पोर्ट से जलयान द्वारा यात्रा करनी होती है। मुझे पानी से बेहद डर लगता है। हालाँकि यात्रा सिर्फ दो घंटों की थी, फिर भी डर के मारे मेरा बुरा हाल था। जलयान की तूफ़ानी यात्राओं के बारे में मुझे हज़ारों कहानियाँ याद आ रही थीं। ठंड के मौसम में भी मेरा माथा पसीने से भीग रहा था। मेरा चेहरा घबराहट और डर से पीला पड़ रहा था। जलयान का लाऊंज बिलकुल ख़ाली पड़ा हुआ था। बार खुल चुका था। बेहद धीमा–धीमा फ़ोर–सीज़न का संगीत बैकग्राउंड में बज रहा था। मैं इस फ़ोबिया (डर) से छुटकारा पाने के लिए बार के दूर–दराज़ कोने में बैठी नींद से बोझिल आँखों से कहीं और बैठने के लिए कोई ऐसी जगह तलाश रही थी, जहाँ कुछ और लोग बैठे हों, तभी किसी ने बड़े ही मधुर स्वरों में पूछा, ''शायद आप अकेले ही सफ़र कर रही हैं, यह कुरसी ख़ाली है, क्या मैं यहाँ बैठ सकती हूँ?

''जी हाँ, जी हाँ'', मैंने घबराहट से बंद होती अपनी आँखों को खोलते हुए कहा, ''आप भी शायद अकेली ही हैं, बैठिए न, मुझे आप जैसे ही साथी का इंतजार था।''

''वो कैसे?'' वह हँसते हुए बोली तो उसके कानों में पहने सच्ची मोतियों के बाले बिजली की मद्धम रोशनी में झिलमिला उठे। उसने मुझे ज़रा ग़ौर से देखा, फिर बोली, ''अरे वाह! आप, आपकी तसवीर तो मैंने अख़बार

में देखी है। आपके ग़जल की वो पंक्तियाँ क्या मुझे भूलती हैं, कितनी सच्ची बात कही है आपने—

'मुखौटा-दर-मुखौटा, कुछ समझ नहीं आता।
लबों पर मुसकराहट, नज़र खंजर नहीं आता।'

मैं हँस पड़ी। अपनी तारीफ़ भला किसे अच्छी नहीं लगती। बार के उस धुँधली रोशनी में मैं उसे भर आँख देख नहीं पा रही थी; फिर भी मुझे लगा, उम्र के इस पड़ाव में भी वह बेहद आकर्षक थी। लंबा, दुबला तराशा हुआ बदन, सुनहरा रंग, ऊँचा माथा, लंबी ख़ूबसूरत नाक और भाव-प्रवण संभ्रम सी आँखें, कुछ कहने को आतुर, चेरी से लाल होंठ। मूंगा सिल्क की साड़ी पर काले कैशमेयर का कोट कंधों पर डाले वह किसी फ़िल्म की मैच्योर नायिका सी लगी।

मैंने बुदबुदाते हुए कहा, ''मुझे पानी से बहुत डर लगता है। मुझे तैरना भी नहीं आता। कहीं तूफ़ान आ गया तो मैं क्या करूँगी?'' और मेरी आँखों के आगे मौत का वह मंज़र आ गया जो मैंने हाल ही में फ़िल्म 'टाइटैनिक' में देखी थी। दम घुटते, अफनाते, डूबते-उतराते, चीखते-चिल्लाते लोग, बर्फ़ की मूरत बन जाते लोग।

वह हलके से हँसी और मेरे हाथों को अपने कोमल हाथों में लेते हुए बोली, ''मैंने आज का अख़बार पढ़ा है। मौसम साफ़ है। तूफ़ान का दूर-दूर तक कोई अंदेशा नहीं है। आप बेफ़िक्र रहें। अब तो हम दोनों साथ हैं। बातचीत के दौरान दो घंटे पलकों में गुज़र जाएँगे। और फिर ग़ालिब ने बड़े पते की बात कही है—

'मौत का एक दिन मुअयन है,
नींद क्यूँ रात भर नहीं आती।'

''हौसला रखें।''

वह एक लमहे के लिए रुकी, जैसे मेरे मनोभावों को पढ़ने की कोशिश कर रही हो। फिर बड़े हमदर्द लहज़े में बोली, ''वक़्त दिलचस्प ढंग से कट जाए, इसलिए अगर आप इज़ाज़त दें तो मैं आपको अपनी एक बेहद अजीज़,

हम–नवाला सहेली की ज़िंदगी के तनावों और दबावों की हालतें बयाँ कर उसके दर्देदिल से आपको वाक़िफ़ करूँ।''

''अंधा क्या चाहे, दो आँखें'', मैंने कहा, ''यह मेरी ख़ुशक़िस्मती होगी। आप अपनी सहेली के बारे में मुतमइन होकर तफ़सील से बयाँ करें। मैं आपकी तहेदिल से शुक्रगुज़ार होऊँगी।''

'शुक्रिया' कहते हुए उसने अपना कोट उतारकर आगे की ख़ाली कुरसी पर रख दिया और ख़ुद मेरे बग़ल की कुरसी पर आराम से बैठ गई। फिर उसने कहना शुरू किया, ''शायद यह वक़्त ख़ुदा ने हमारे मुलाक़ात के लिए मख़सूस रखा था। आप एक नेक और रहमदिल अफ़सानानिगार हैं। औरतों के दुःख–दर्द से वाक़िफ़ हैं। मैं ख़ुद अपनी बेहद बदरंग और नीरस ज़िंदगी से तंग आकर, आज डोवर–बलोइन के डे–ट्रिप पर बहुत हिम्मत करके निकली हूँ। वरना मेरे उम्र की तमाम औरतें उम्र के इस पड़ाव पर अपने दायरों में बंद ज़िंदगी से हार मान लेती हैं। मैं ख़ुद को जानना और पहचानना चाहती हूँ। साथ ही कुछ नया करने का इरादा रखती हूँ।''

वह थोड़ी देर रुकी। लगा, जैसे वह अपने अंदर बलबलाते हुए दर्द पर क़ाबू पाने की कोशिश कर रही हो, सोज़ उसके आँख और आवाज़ में एक साथ उभरा, जलयान की पीली रोशनी और पीली हो गई। उसने ख़ुद को सँभाला, फिर कहा, ''मेरी सहेली बेहद सादे और बेफ़िक्र क़िस्म की लड़की थी। उसे मर्दों में कोई दिलचस्पी नहीं थी, यानी कि भरी जवानी में कोई मर्द उसे लुभा न सका। या यूँ कहिए कि उसे कोई पसंद नहीं आया। उसकी अपनी दुनिया थी। उसके अपने सपने थे, जो आम लड़कियों से बिलकुल अलग थे। शायद जेहनी तौर पर वह बिलकुल अकेली थी।

''उसके बाप ने अपनी मरज़ी से एक ख़ासे नौजवान के साथ उसका निकाह कर दिया। उसके जेहन में यह कभी आया ही नहीं कि उसकी अपनी कोई पसंद या नापसंद है। इसके पहले कि वह अपने हमसफ़र को कुछ जान–पहचान पाती, वह उसे सात समंदर पार बरतानिया के शहर बैडफ़ोर्ड ले आया, जहाँ उसके क़ौम के और लोग भी रहते थे। उसके ख़ाविंद को उसका लोगों से मिलना–जुलना कतई पसंद नहीं था। उसे अपने ख़ाविंद का यह रवैया बुरा नहीं लगा। उसे ख़ुद वे लोग पसंद नहीं आए। उसे उन लोगों

में एक ख़ास क़िस्म की बू आती थी। चूँकि वे लोग बरतानिया उससे बहुत पहले आ चुके थे, इसलिए किसी ख़ास क़ाबलियत के न होने के बावजूद अपने आपको कुछ ख़ास और उससे ज़्यादा क़ाबिल समझते थे। आमतौर पर वह या तो अपने घर के काम करती या अपने शौहर का ख़याल रखती। हाँ, कभी-कभी खिड़कियों पर पड़े सफ़ेद जालीदार परदों को हटाकर वह बाहर सड़क पर मोटे ऊनी कपड़ों में लिपटे बिना बस्ते के स्कूल जाते उछलते-कूदते बच्चों को देखकर, अपने आनेवाले दिनों के सपने बुनती। कुल मिलाकर उसे लगता कि वह उन तमाम और लोगों से ज़्यादा ख़ुशनसीब है जो पीछे वतन में रह गए हैं।

''उसके शौहर को, उसका बेपरवाह हुस्न, तराशा हुआ बदन और मिज़ाज की सादगी कुछ इस तरह पसंद आई कि उसे डर लगने लगा कि कहीं उसकी बीवी की इस मासूम फ़ितरत को इस ग़ैर मुल्क बरतानिया की हवा न लग जाए। इसलिए वह उसे आगे बढ़ने और ग़ैर लोगों से मिलने-जुलने से रोकता रहा। और वक़्त-वक़्त पर उसके नाज़ुक पंख कतर देता। वह लहूलुहान हो जाती। उसे अपने ख़ाविंद के मिज़ाज से कभी-कभी दहशत होने लगती, साथ ही उसे इस बात का पूरा इल्म था कि उसका मर्द उसे बहुत चाहता है। उसे ख़ुद घरेलू तूफ़ान अच्छे नहीं लगते, इसलिए जल्द ही उसने अपना एक दायरा बना लिया और वह उस दायरे में रहने लगी। उसके मर्द को उसका दायरे में रहना अच्छा लगा।

''शुरू के वक़्त में शौहर उसका दायरा था। जब बच्चे हुए तो वे उसका दायरा बन गए। शौहर को अच्छा लगा। और वह एक अच्छे मर्द की तरह बीवी-बच्चों की तालीम और आराम के लिए अच्छी रोज़ी कमाने में मसरूफ़ हो गया। जो बाद में सिर्फ़ बैंक बैलेंस के नाम पर दौलत जमा करने का नशा बनकर रह गया। औरत को उसके इस रवैये की वजह से अपने दायरे बढ़ाने पड़े। धीरे-धीरे वक़्त की ज़रूरत के मुताबिक उसके दायरे बदलते गए। और वह एक दायरे से दूसरे दायरे में क़दम रखती गई। फिर उसे इस बात का कोई अहसास भी नहीं हुआ कि उसके दायरे तेज़ी से बदल रहे हैं। अहम बात तो यह थी कि उसकी जाती फ़ितरत नहीं बदली। और वह एक के बाद एक बनते गए दायरों में बेख़ौफ क़दम रखती आगे बढ़ती चली गई।

''औरत अपने ख़ाविंद के प्यार और अपने जाती फर्ज़ से भी वाकिफ़ थी इसलिए वह अपने फ़ितरत के मासूमियत को भी बरकरार रखने की पूरी कोशिश करती और दायरे बनाती। सुकून और अमन के लिए ये दायरे ज़रूरी थे। फिर वक़्त-वक़्त पर उसे इन दायरों में सिमटने की आदत भी पड़ गई। इस आदत ने उसे ज़िंदगी का नया अंदाज़ भी दिया। कभी-कभी उसका मर्द उसे ग़ौर से देखता और उसके बदलते दायरों से बेचैन हो जाता।

बच्चों की तालीम के साथ वह ख़ुद भी तालीमयाफ़्ता होने लगी। उसके कटे पंखों के नीचे नन्हे-नन्हे रोएँदार पर निकलने लगे, जिनमें इल्म की ताक़त भरी थी। मगर वह अपना दायरा जानती थी। उसे मालूम था कि इन परों पर उड़ा नहीं जा सकता है, फिर भी वक़्त-बेवक़्त ये नए रोएँदार पर फड़फड़ाने लगते। उसके शौहर को उसकी यह अदा अच्छी नहीं लगती। वह जानता था कि पिंजड़े का पक्षी फुदक तो सकता है, पर उड़ नहीं सकता। इसलिए उसे इतमिनान था।

''कभी-कभी औरत को ज़िंदगी, बेमानी, तल्ख़ और तन्हा लगने लगती। और ऐसे वक़्त में उसका दिल करता कि वह परिंदा बन जाए और फिर पिछवाड़े बगीचे में लगे चेरी के दरख़्त के सबसे ऊँची फुनगी पर बैठकर सुर्ख़ चेरी को कुतर-कुतरकर तब तक नीचे गिराती रहे जब तक सारी ज़मीं सुर्ख़ चेरी-सी मीठी और रसीली न हो जाए। तभी उसे अपने ख़ाविंद की याद आ जाती। और बच्चों के ख़ुशी को महफूज़ रखने के लिए वह अपने को दायरों में क़ैद रखती।

''इस तरह बच्चों की परवरिश और घर-गृहस्थी के दायरों में ज़िंदगी की धूप ढलने लगी और उसे पता ही न चला कि कब और कैसे बच्चों ने अपने रास्ते उनसे अलग कर लिये। ऊँची पढ़ाई का वास्ता देकर पहले उन्होंने अपने शहर बदले, फिर पढ़ाई के साथ-साथ हमसफ़र चुने और फिर अपने-अपने जोड़ों के साथ अपने-अपने घोंसलों में रहने लगे। उसका शौहर चीखा-चिल्लाया और उन्हें जायदाद से खारिज़ कर देने की धमकी देने के बाद ख़ामोश हो गया। वह समझ गया, औलाद बीवी नहीं होती। बीवी हुक्म मानती है, औलाद नहीं। औरत के लिए यह कोई नई बात नहीं थी। उसके ख़्वाबों ने, उसके दायरों ने, यह उसे बहुत पहले ही बता दिया था कि सबकी

राहें मुख़्तलिफ़ होती हैं। सबके दायरे अलग होते हैं। कुछ लोगों को दायरों की ज़रूरत नहीं होती है; जैसे उसके मर्द को। यूँ दायरे अच्छे होते हैं। उसे मालूम था, उसने बच्चों को अच्छी तरबियत दी है, वे अपने दायरे ख़ुद बना लेंगे, या परवरदिगार उन्हें राहें दिखाएगा।

''इसी बीच उसके ख़ाविंद को किसी कारोबार के सिलसिले में 'मिडल ईस्ट' जाना पड़ा। उसके पास बीवी को अकेले छोड़ने के अलावा कोई चारा न था। बच्चों से कुछ कहना उसने मुनासिब न समझा। जाते-जाते हिदायतों की एक लंबी फ़ेहरिस्त बीवी को वसीयत कर गया।

''अब तन्हा वक़्तों में औरत को ज़िंदगी का अहसास होने लगा। उसके रोमानी सपने हकीकत से टकराने लगे। उसे लगा, उसके अंदर लावा है, जो तप रहा है, उबल रहा है, पिघल रहा है। वह तन्हा नहीं है, उसके अंदर कोई है जो मर्सिया गाता है और वह नज़्में लिखने लगी। धीरे-धीरे बेडफ़ोर्ड से निकलनेवाले कई मादरी ज़ुबान के अख़बारों और रिसालों में उसको जगह मिलने लगी। उसके नज़्मों से उभरे दर्द, ख़याल और मौसीकी की ख़ूब चर्चा की गई। जल्द ही लोग उसके नज़्मों को पहचानने लगे। वह अपने इलाक़े की एक उभरती हुई शायरा बन गई।

''इसी बीच कई अख़बारनवीसों ने उससे टेलीफ़ोन पर इसरार किया कि वह उसके नज़्मों की किताब छापना चाहते हैं। उसने अपने अंदर समंदर में उठती-गिरती लहरों को महसूस किया। और उसके ख़्वाब हक़ीक़त में तब्दील होने के लिए मचलने लगे।

''फिर उसने कड़ी मेहनत करके अपने नज़्मों का मसविदा तैयार किया। एक दिन हिम्मत कर शहर के एक मशहूर पब्लिशर से मुलाक़ात का वक़्त मुकर्रर कर उसके दफ्तर पहुँची। उसने अपना तआरूफ देने के बाद अपने नज़्मों का मसविदा उस शख़्स को पेश किया। उस मर्द ने औरत को नज़र उठाकर देखा, उसकी आँखे-लिल्लाह! उसने फिर नज़र उठाकर देखा, हिरनी-सी सहमी, साथ ही शबनमी पलकें यूँ कि आँसू पिए बैठी हो, उसने उसे सामने पड़ी कुरसी पर बैठने का इशारा किया। औरत को वह मर्द भला और इल्म का फ़रिश्ता लगा। हालाँकि अंदर से वह बेहद सहमी हुई थी, पर उसकी निगाह सामने बैठे, आलिम-फ़ाज़िल पब्लिशर पर थी। वह शख़्स

उसे एक अच्छा इनसान लग रहा था। उसका पन्नों का पलटना बता रहा था कि उसे नज़्में अच्छी लग रही थीं। उसे अहसास हो रहा था कि वह आदमी उसकी किताब छापेगा।

''धीरे-धीरे दफ़्तर के तमाम लोग घर चले गए। अभी तक उनकी बातचीत शुरू नहीं हो पाई थी। दोनों आमने-सामने कुरसी पर बैठे रहे। एक मेज़ उनके दरम्याँ थी, जिसपर कुछ किताबें, फाइलें और एक लाल रंग का टेलीफ़ोन रखा हुआ था। पीछे दीवार पर ग़ालिब की आदमक़द तसवीर टँगी थी। चारों तरफ़ दीवार पर शेल्फ लगे थे। उनमें उसके ही पब्लिकेशन की मशहूर किताबें करीने से लगी हुई थीं। उनमें से कुछ उसकी ख़ुद की पसंदीदा किताबें भी थीं। जैसे ही दोनों किसी बात की इफ़्तदा करते कि टेलीफ़ोन की घंटी बज उठती। बीच-बीच में वह शख़्स उससे माफ़ी माँग लेता और वह उससे सलीक़े से बातचीत के इफ़्तदा इंतज़ार करती। मर्द की नज़र बार-बार औरत के चेहरे पर टिक जाती। औरत उसकी निगाह की गरमी को अंदर तक महसूस करती। औरत बेख़ौफ़ इनसानी पाक रिश्तों के बीच रहनेवाली थी। उसे मर्दों में कोई दिलचस्पी नहीं थी और वह जानती थी कि यह ग़ैर मर्द और कोई नहीं सिर्फ़ उसके नज़्मों का पब्लिशर है।

''थोड़ी देर बाद उस मर्द ने उसकी शबनमी आँखों में झाँकते हुए कुछ ख़ास लहजे में कहा, 'आराम से बैठो।'

''औरत ने कहा, 'मैं आराम से बैठी हूँ, आप आगे की बात कीजिए।'

''मर्द ने अपनी आवाज़ को कुछ और मुलायम किया, और साथ ही मेज़ के नीचे उसके पैरों को इस तरह हलके से छुआ कि औरत को यूँ लगे कि लापरवाही में ऐसा हो गया, और कहा, 'तुम कुरसी आगे बढ़ा लो।'

''मर्द का मक़सद औरत के जिस्म के अंदर सोई हुई मादा को जगाना था, मगर औरत के बदन में कोई हरक़त नहीं। मर्द अंदर-अंदर कुछ सकपकाया, पर बाहर उसके चेहरे पर कारोबारी मुसकराहट चिपकी रही। औरत बेख़ौफ़ बैठी उसके इसरार सुनती रही। उसने कुरसी आगे नहीं बढ़ाई। मर्द ने बड़े सधे, मगर बेहद शीरी आवाज़ में कहा, 'पब्लिशर और राइटर का रिश्ता चोली और दामन का रिश्ता होता है।'

''औरत के रुख़सार गुलाबी हो उठे, उसके सुर्ख़ होंठ कुछ काँपे, वह

बाँसुरी-सी सुरीली आवाज़ में बोली, 'म…मैं कुछ समझी नहीं।' वह कुछ घबड़ा सी गई।

"मर्द को ताज्जुब हुआ कि आज के ज़माने में, और वो भी बरतानिया में, ऐसी भी औरतें हैं जो इस क़दर क़ाबिल होने के बावजूद इतनी सहमी और दायरों में जकड़ी हुई हैं, जिनको बाहरी दुनिया के तेज़ रफ़्तार और उसके बदलते हुए मूल्यों का कोई इल्म नहीं है। वो अभी भी बाबा आदम के ज़माने में सकून से रहती हैं। उसने औरत को दिलासा देते हुए कहा, 'तुम परेशान क्यों होती हो। तुम्हारे शिद्तेबयाँ ने इस छोटे से शहर में हलचल मचा रखी है। मेरा मतलब तो सिर्फ़ यह था कि किताब छपने से पहले हमें एक-दूसरे को जानना-पहचानना होगा, यानी कि मुझे तुम्हारे अंदर बैठी शायरा को समझना होगा।'

"औरत के चेहरे का तनाव कुछ कम हुआ, वह हलके से हँसी, सुर्ख़ होंठों के बीच मोती की लड़ी झलकी, मर्द की सारी शख़्सियत उसपर निसार हो गई। उसे ख़ुद पर क़ाबू रखना मुश्किल हो रहा था। औरत अब थोड़ी सहज हो चली थी। उसने मधुर स्वरों में कहा, 'मैं बरतानिया में रहनेवाली एक 'हाउस वाइफ़' हूँ। तन्हाई में अल्फाज़ से खेलने की आदत है। और अब आप जैसे क़द्रदानों ने मुझे शायरा बना दिया है, जिसकी मुझे आदत नहीं है। मुझमें यूँ कोई ख़सूसियत नहीं है जो मैं आपको बताऊँ।'

" 'यह हुई न बात, तुम्हारी ख़सूसियत तो तुम्हारे क़द्रदान ही जानेंगे', कहते हुए उस शख़्स ने मेज़ पर रखे उसके ख़ूबसूरत नरम हाथों को हाथ में लेकर हौले से सहला दिया।

"औरत के जिस्म के अंदर गरम पानी का एक सोता लहर खा गया। घड़ी भर को उसे महसूस हुआ कि वह अपने दायरे में नहीं है। यानी कि वह अपने दायरे से बाहर आ रही है। वह मर्द उसे लुभावना लग रहा है। वह उसे चाह रहा है। वह एक मादा है, माँ है, बीवी है। आज उम्र के इस पड़ाव पर जब कि उसका खाविंद उसके पास नहीं है, उसे महसूस हुआ कि वह सिर्फ़ एक मादा है। और फिर पलटकर उसने गुज़रे वक़्तों में देखा कि हर ग़ैर मर्द उसे मादा ही समझता रहा है; पर उसके पास उसका शौहर था, जिसने उसे सिर्फ़ मादा होने से बचाया। उसके कटे पंखों के नीचे उगते हुए गरम रोएँदार

पर कमज़ोर लगने लगे।

''फिर वह सोचने लगी, यह जो कुछ पल भर पहले उसने महसूस किया, वह क्या था, जो आम इनसान ऐसे वक़्तों में महसूस करता है। फिर उसने सोचा, क्या ग़लत है, क्या सही है, यह इनसान की अपनी सोच है। यह वक़्त उसके तज़ुरबा और इम्तिहान का है।

''जल्दी ही उसे अपने आप पर एतमाद आने लगा। वह अंदर-अंदर आनेवाले वक़्त के लिए ख़ुद को तैयार करने लगी। उसके अंदर का अदीब जाग उठा और वह अपने तरीक़े से उस नाज़ुक वक़्त का तज़ुरबा लेने के लिए ख़ुद को तैयार करने लगी।

''ख़ुदा जाने उसमें कहाँ का इल्म आ गया। वह सब्र से उससे बातें करती रही—मर्द और उनके रिश्तों के बारे में, उनके चाहतों के बारे में। उनके जिस्मानी इश्क़-मुहब्बत और रूहानी फ़लसफ़े के बारे में। सामने बैठे मर्द ने उसे बताया कि आज इक्कीसवीं सदी में भी औरत का जिस्म मर्द के लिए तिलिस्म है। आमतौर पर मर्द जिस्मानी तौर पर ताक़तवर है, पर अंदर से बेहद कमज़ोर है। अगर उसे औरत का सहारा न मिले तो वह टूट जाएगा। वह अकेला कुछ भी नहीं कर सकता है। औरत जिस्म से कमज़ोर होते हुए भी ग़ैबी ताक़त रखती है। मर्द हर तरह से उसके ग़ैबी ताक़त सोखकर ख़ुद दमदार बनाता है। मगर अब वक़्त बदल रहा है। औरत और मर्द दोनों की सोच बदल रही है। आज की औरत अगर चाहे तो अपनी शर्तों पर ज़िंदगी गुज़ार सकती है।

''औरत को उसकी बातें अच्छी लग रही थीं। उस मासूम को सब पता था, और कुछ भी नहीं पता था। वह सपनों और दायरों में रहनेवाली थी। उसे लगा, इस शख़्स से बातें कर, वह इल्म हासिल कर रही है। वह उस शख़्स की फ़रिश्ते की तरह इज्ज़त करने लगी। आज तक उससे किसी ने इस तरह अदब से बात ही न की थी।

''मर्द अपने ख़याल में औरत पर हर तरह से डोरे डाल रहा था; पर औरत अपनी सादगी की वजह से उसके जाल में नहीं फँस रही थी। औरत को वह शख़्स बेहद दिलकश लग रहा था। उसकी दिली ख़्वाहिश हो रही थी कि वह आदमी उसका सच्चा और अज़ीज़ दोस्त बन जाए। और वह उसे

तमाम किताबी इल्म दे। दोनों अपनी-अपनी जगह, अपने-अपने अंदाज से बातें करते रहे।

"मर्द अपने जज़्बात पर क़ाबू नहीं कर पा रहा था। अचानक उसने अपनी कुरसी छोड़ दी, और औरत के पीछे आकर खड़ा हो गया। वह उठने ही वाली थी कि उसने, औरत के कंधों पर पीछे से हलका सा दबाव डालकर बैठा दिया। औरत ने कंधे पर रखे उसके हाथों को अपनी नाज़ुक हाथों से पकड़ते हुए दोस्ती के लहज़े में कहा, 'सुनो, सामने आकर बैठो, बैठकर बातें करते हैं। मुझे तुम्हारी बातें अच्छी लगती हैं।'

"मर्द अंदर-अंदर ताव खा गया। अब उसे समझ में आया कि यह औरत शायद बेहद चालाक है और वह उसे अपना गोश्त नहीं देगी। मर्द ने पहलू बदला। उसने बेहद सावधानी से एक और कोशिश करने की ठानी। वह इतमिनान से आकर कुरसी पर बैठ गया, और औरत की ओर मुख़ातिब होकर बोला, 'तुम जानती हो, आज के ज़माने में मर्द और औरत में कोई फ़र्क़ नहीं है। मर्द हर सौदे में औरत को शामिल कर लेता है। आज की औरत मर्द से कहीं भी कम नहीं है। दोनों को एक-दूसरे की ज़रूरत हैं। मर्द को औरत के नरम जिस्म का स्वाद चाहिए तो औरत को मर्द के बदन से उठती सोंधी नशीली महक, जो उसके अंदर गहराई में एक ऐसी मादक गंध भर दे जिससे उसका मन कोयल-सा कूक उठे। तुम एक शायरा हो। तुम्हें ज़िंदगी की ख़ासी समझ होनी चाहिए।

" 'सुनो, औरत मर्द के लिए एक तिलिस्म रही है और तुम तो एक बेहद ख़ूबसूरत तिलिस्म हो। यों तो ज़माना हमेशा से मर्दों का रहा है, मगर औरत अगर कुछ हासिल करना चाहती है तो उसे ख़ुद को देना होता है; और औरत हमेशा देती रही है।'

"औरत ने मर्द की बात समझते हुए कहा, 'पर मेरा जिस्म तो मेरे शौहर के लिए है। मैं अपना जिस्म देने के लिए तैयार नहीं हूँ।'

"मर्द अपनी नाकामयाबी से अंदर-अंदर कुछ चिड़चिड़ा सा उठा था, फिर भी उसने उम्मीद नहीं छोड़ी, अपनी आवाज़ में थोड़ी और नरमी लाते हुए बोला, 'इन बातों में कुछ नहीं रखा है। मैं तुम्हारी बात समझ गया, औरत को 'पाकीज़ा' कहते हैं और वह हमेशा पाक होती है। फिर ख़ुदा ने

जो महीने के चार दिन बनाए हैं, उसके बाद तो औरत बिलकुल ही नई हो जाती है।'

''अब औरत हैरत में थी, वह कुछ 'कनफ्यूज़्ड' सी होने लगी। वह जानती थी कि अगर औरत एक बार अपने जिस्म को किसी ग़ैर मर्द को दे देती है तो उसे गिरा हुआ, बेइज्ज़त और बेआबरू समझा जाता है। यह नया फ़लसफ़ा उसके गले से नहीं उतर रहा था।

''मर्द कुरसी पर बैठा नज़रों से उस मादा को तौलता रहा।

''औरत ने मर्द से कहा, 'मैं पुराने वक़्तों में पैदा हुई हूँ, और मेरी तरबियत भी उन्हीं दिनों की है, मुझसे अनैतिक संपर्क की उम्मीद न रखें। मेरे कुछ दायरे हैं, और मैं उन दायरों में रहने की आदी हूँ।' उसने मर्द के चेहरे पर एक नज़र डाली और फिर कहा, 'मैं जानती हूँ, इस दुनिया में मर्द और औरत के लिए अल्हदा अदब और क़ायदे हैं। मुझे याद है, जब मैंने अपने जवान होते औलाद को जिस्मानी रिश्तों के बारे में तरबियत देनी चाही थी, बच्चों ने मेरी बात सुनी, उन्होंने अमल किया या नहीं यह मुझे नहीं मालूम। पर बेटी पर जल्लाद-सी नज़र रखनेवाला बाप मूछों में मुसकराया और बेटे के कंधे पर हाथ रखते हुए बोला, 'तुम मर्द हो, तुम्हें फ़िक्र किस बात की, भला मर्द को जवान होने से कौन रोक सकता है।' मैं उस दिन भी हैरान थी, आज भी हैरान हूँ। औरत और मर्द के लिए दो अल्हदा कायदे क्यों? जब दोनों ही मिलकर जिस्मानी काम करते हैं तो औरत बेइज्ज़त और रुसवा होती है और मर्द जवान होता है।'

''मर्द उस औरत की बेबाकी को तौलता रहा, औरत अपनी बेबाकी पर हैरान थी। अचानक औरत की निगाह दीवार पर लगी घड़ी पर गई। उन्हें बातें करते हुए एक घंटा हो चुका था। उसे चलना चाहिए। वह अपनी नज़्में उठाना चाह रही थी, पर कुछ सोचकर नहीं उठाया।

''उसने सामने बैठे मर्द से इज़ाज़त माँगी और दरवाज़े की ओर बढ़ी, मर्द सामने आ गया। वह उस दिलकश औरत को यों ही नहीं जाने देना चाहता था। वह उसे अपने आगोश में लेकर कुछ कर गुज़रने के लिए आगे बढ़ा। फिर अचानक बेहद अदब से उसने औरत के रुख़सार से एक बोसा उठा लिया।

"औरत को उतना बुरा नहीं लगा।

"मर्द को भूख थी जिस्म की। औरत को भूख थी एक अच्छे दोस्त की। दोनों की ज़रूरतों में जाती फ़र्क़ था।

"अब देखना यह है कि मेज पर पड़ा नज़्मों का मसविदा छपता है या नहीं।…"

अभी उसकी कहानी ख़त्म भी नहीं हुई थी कि जलयान बलोइन पोर्ट पर आ गया। स्टीवर्डेस खड़ी पूछ रही थी, मुझे उतरना है या वापस जाना है।

□

वह कौन थी?

स्ट्रेथम पार्क का वह हिस्सा जिसे रुकरी कहते हैं, मुझे शुरू से बेहद पसंद था। किसी समय रुकरी को किसी रोमांटिक अंग्रेज़ लॉर्ड ने अपनी प्रेयसी बीवी को तोहफ़े में दिया था। यह एक बहुत ख़ूबसूरत बाग़ीचा है, जिसमें बहुत ही कलात्मक ढंग से हर मौसम में अलग-अलग क़िस्म के फूल खिलाए जाते हैं। चारों तरफ़ फैली हरियाली, ख़ूबसूरत लॉन, ऊँचे लंबे दरख़्त, बीच-बीच में लगे फव्वारे, जगह-जगह कल-कल करते बहते नाले, सर्प-सी बलखाती घुमावदार पगडंडियाँ, कटावदार सीढ़ियाँ, लताओं और द्रुमों से ढके आँखमिचौली खेलते भूल--भूलैया से अर्ध-गोलाकार गलियारे, रास्ते और उनके बीच लाल और गुलाबी फूलों से ढके आर्चेज, साथ में गोल, आयताकार, चौरस और त्रिकोण क्यारियों में कलात्मक ढंग से उगाए गए बेहद मनमोहक फूलों के गलीचे मन को ऐसा लुभाते हैं कि वहीं रम जाने को जी चाहता है। अब यह पार्क पब्लिक पार्क है। कोई भी वहाँ जाकर प्रकृति के साहचर्य में सारा दिन गुज़ार सकता है।

मैं अकसर रुकरी के उस बेंच पर बैठा करती हूँ जो अजेलिया और फोरसाइथिया की झाड़ियों के बीच बड़े ही कलात्मक ढंग से छुपाकर रखी गई है, और जो मेरे ही जैसे एकांत प्रिय लोगों की सुविधा के लिए रखी गई होगी। यों यह जगह बेहद ख़ामोश और महफ़ूज़ है। काफ़ी लोगों को तो पार्क के इस हिस्से के बारे में पता भी नहीं है।

बात यह थी कि इधर कुछ दिनों से मैं बेहद बेचैन थी, जिससे ज़ाहिर था कि मेरे अंदर कुछ पक रहा है और कलम उसे कलमबंद करने को बेज़ार था।

ख़ैर, वहाँ बैठी मैं इस सोच में थी कि अपने ख़यालों को शायराना अंदाज दूँ या कहानी का, कि एक अजब सी, लेकिन बेहद लुभावनी ख़ुशबू मेरे नथनों में समा गई। मैंने देखा, एक ख़ूबसूरत औरत, जिसके वजूद में कशिश थी; हलके क़दमों से चलती हुई आकर मेरे सामने पड़े हुए कटे दरख़्त के तने पर बैठ गई। हमारी नज़रें टकराईं, वह हौले से मुसकराई। मैं उसकी उम्र का अंदाज़ा लगाने ही जा रही थी कि मेरी नज़र उसके रंगों के चुनाव और कपड़े पहनने के सलीके पर गई, जो बेहद दिलकश था। उसके बाल कटे हुए थे। उसकी नाजुक उँगलियों के नाख़ून रँगे हुए थे, जो उसके वजूद को और भी ख़ुशगवार बना रहे थे। वह अपनी उँगलियों से खेल रही थी। अचानक उसकी उँगलियाँ आपस में उलझ गईं और वह मेरी तरफ़ मुखातिब होकर मुसकराई, फिर बोली, ''आप अदीब हैं न, अफ़साने लिखती हैं, और शायरी भी करती हैं।''

मुझे कुछ हैरत सी हुई, फिर मैंने सोचा, शायद मेरे अफ़साने उसने रिसालों में पढ़े हों या मेरी तसवीर किसी अख़बार में देखी हो। फिर भी अपने हम-शहर गोरों की तरह चेहरे पर एक अंग्रेज़ी मुसकराहट फैलाते हुए मैंने कहा, ''आपने कैसे पहचाना कि मैं अफ़सानानिगार हूँ?''

उसने जरा शोख़ अंदाज़ से कहा, 'वैसे ही जैसे आप अपने अफ़सानों के मौजूँ को कहीं भी पहचान लेती हैं, फिर उनको अलफ़ाज का जामा पहनाकर दुनिया के सामने रख देती हैं।''

मुझे उसके बात करने का ढंग न सिर्फ़ अच्छा लगा बल्कि ख़ासा दिलचस्प भी। यों मुझे अजनबी लोगों से बात करने में कम ही मज़ा आता है। सच कहूँ तो कई बार मैं नए लोगों से मिलने में इस क़दर कतराती हूँ कि जी चाहता है, किसी कंदरा में चली जाऊँ। यही वजह है कि मुझे पार्क का यह हिस्सा, जो बेहद ख़ामोश है, सुनसान है, अच्छा लगता है। एक बात और है, मुझे अकेले और अकेलेपन से कोई डर नहीं लगता। मेरे अफ़सानों के मौजूँ और अशआर के तसव्वुर हमेशा तनहाई में ही आते हैं, जो मेरी ज़िंदगी को ख़ुशगवार और दिलचस्प बनाए रखते हैं।

ख़ैर, उसके बात करने का अंदाज़ मुझे इस क़दर भाया कि मेरा दिल करने लगा कि वह बोलती जाए और मैं सुनती जाऊँ। शायद उसने मेरे

ख़यालों को पढ़ लिया।

वह कुछ शायराना अंदाज़ में बोली, ''मैं अकसर आपको यहाँ तनहाई में बैठे देखती हूँ, और आपके ज़ेहन में आते हुए ख़यालों को पढ़ने की कोशिश करती हूँ।''

मैं ज़रा हैरत में आ गई। मैंने तो उसे कभी देखा भी नहीं था। फिर मैंने उसी के अंदाज़ में उसे छेड़ते हुए कहा, ''यह तो सरासर ज़्यादती है, एक तो आप बिना इज़ाज़त मेरे बेहद अज़ीज़ और दिली ख़यालों को पढ़ने की कोशिश करती हैं और फिर मुझे अंदाज़ भी नहीं होने देती हैं।''

उसकी ख़ूबसूरत गरदन ज़रा हिली, उसकी आँखें और होंठ मुसकराए, फिर जैसे मुझे दावत सी दे रही हो, बेहद दिलचस्प अंदाज़ में बोली, ''उसी का तो मुआवज़ा देने आई हूँ। आपको एक अजीबो-ग़रीब, मगर बेहद सच्ची कहानी सुनाती हूँ। जो ख़ुद मुझपर गुज़री है।''

उसकी आवाज़ की कशिश ने मुझे अपनी गिरफ़्त में ले लिया, और मैंने दावत क़बूल कर ली।

वह इतमीनान से पेड़ के तने पर बैठ गई और कहने लगी, ''एक बारहसाला लड़की, जिसकी आँखों में सपने भरे हैं, आरगंडी की बूटेवाली, सफ़ेद फ्रॉक पहने, अपनी बड़ी बहन के साथ, किसी जलसे में सबसे आगे की कुरसी पर बैठी है। मंच पर कई लोग बैठे हैं। उनमें बैठा एक शख़्स, जिसकी आँखें बेहद गहरी हैं, जिसने सफ़ेद लिबास पहन रखा है, उसे बहुत अच्छा लगता है। फिर वह एक गीत गाता है—'आज नहीं, प्रिय कल··· कल···कल···'

''लड़की को लगता है कि वह गीत शायर सिर्फ़ उसके लिए गा रहा है। वह विभोर हो उठती है। उसे शायर की आवाज़ बेहद दिलकश और वज़नदार लगती है। उसकी अदाएँ उसके ज़हन में उतरती जाती हैं। उसे लगता है, अचानक उसके अंदर एक नई कायनात का जन्म हुआ है। जलसा ख़त्म हो जाता है। वह अभी भी कुरसी पर बैठी है। उसकी बहन उसे हाथ पकड़कर उठाती है। शायर जो ऊँचे क़द का है, उसकी बड़ी बहन से बातें करता है। अचानक उसने उसकी मौजूदगी का एहसास किया और उसके रुख़सार को छूते हुए बोला, 'बड़ी प्यारी बच्ची है।' और थोड़ा सा झुककर

उसकी ओर मुख़ातिब होकर पूछता है, 'आपको हमारी ग़ज़ल पसंद आई।'

''उस बारहसाला लड़की के अंदर कुछ होता है। उसका तन-बदन झनझना उठता है। वह शरमाकर अपनी बहन के दुपट्टे को ज़ोर से खींचती है। एक अजब सी ख़ुशबू उसके ज़ेहन में शरबोर कर उसमें समा जाती है। लड़की की सपनीली आँखें और सपनीली हो जाती हैं।

''शायर, शायरी, तसव्वुर, ख़याल, ख़्वाब···उस लड़की की ज़िंदगी के तमाम पहलू बन जाते हैं। वक़्त-वक़्त पर उसके ज़ेहन में ढेरों सवाल उठते हैं। ज़िंदगी की तेज़ रफ़्तार उन्हें हवा में उछाल देती है। उधर जल्द ही बड़ी बहन का ब्याह हो जाता है, और वह अपने शौहर के साथ चली जाती है। फिर वह अकेली रह जाती है। स्कूल, पढ़ाई और खेलकूद में ज़िंदगी भागती जाती है।

''उस दिन जब बड़ी आपा घर आई, बोलीं, 'अब्बू तुम्हारे ब्याह की बात कर रहे हैं, कोई है तो बता दो।'

''वह क्या बताए, उसे आज तक कोई पसंद न आया, फिर उसने सोचा, उसे कोई पसंद तो है? पर है कौन? क्या नाम है उसका? वह ख़ुशबू? वह छुअन? तन-बदन में उठती वह झनझनाहट? नहीं-नहीं, उसे शादी नहीं करनी है। शायद एक दिन वह उसे मिल जाएगा, उसे इंतज़ार करना है—उस ख़ुशबू का, उस छुअन का, उस झनझनाहट का, उस सपने का।

''और उसने बड़ी आपा से कहा, 'मुझे शादी नहीं करनी है, मैं और पढ़ना चाहती हूँ।'

''अब्बू ने थोड़ी नाराज़गी के साथ उसकी बात मान ली, और वह कॉलेज में दाख़िल हो गई। फिर वह उसे उन तमाम चेहरों में ढूँढ़ती रही, जो उसके आस-पास थे। वह नहीं मिला, वह ख़ुशबू नहीं मिली,. वह गीत नहीं मिला। उन तमाम लोगों की कोशिशें बेकार गईं जो उसके आस-पास थे। कोई उसे लुभा न सका या उसे कोई पसंद न आया।

''एक दिन तंग आकर अब्बू ने उसका ब्याह अपनी पसंद के एक ख़ूबसूरत और नेकदिल नौजवान से कर दिया, जिसका विलायत में मकानों के ख़रीद-फरोख़्त का कारोबार था। उसके ख़ाविंद ने उसे पहली नज़र में ही पसंद कर लिया और उसकी बेबाक मासूमियत और पाकीज़गी पर फ़िदा हो

गया। जल्द ही वह अपने ख़ाविंद के साथ विलायत आ गई। नया मुल्क, नए तौर-तरीक़े। बिलकुल नई दुनिया। ख़ुद को सँभालने में उसे काफ़ी वक़्त लगा। साथ ही उसे अपने तमाम फरायज़ का इल्म भी था। एक दिन उसने एक ख़ासे वक़्त में अपने ख़ाविंद से पूछा, 'क्या आप वही शख़्स हैं जिसका मुझे इंतज़ार था।'

"उसका ख़ाविंद उसकी मासूमियत पर फ़िदा होता हुआ बोला, 'हो सकता है, और नहीं भी हो सकता है। ख़्वाब ख़्वाब होते हैं, और हक़ीक़त हक़ीक़त होती है, आप नाज़ुक ख़यालों की मलिका हैं, शायराना दिल रखती हैं, और मैं उसकी क़दर करता हूँ।'

"उसने ख़ुदा से दुआ माँगी अपने नेक और क़दरदान ख़ाविंद के लिए।

"यों ज़िंदगी चलती रही। दिन और साल गुज़रते गए। इसी दौरान उसके दो ख़ूबसूरत बच्चे हुए। वह बच्चों की परवरिश में मसरूफ़ हो गई। पर उसके ख़्वाब, उसके तसव्वुर उसकी आँखों में जवाँ रहें—और वह ख़ुशबू, वह आवाज़ उसके ज़ेहन में जब-तब धीमे सुर में बाँसुरी बजाते रहे। उसका इंतज़ार कभी ख़त्म न हुआ।

"इसी तरह एक लंबा अरसा गुज़र गया। उसके बच्चों की शादियाँ हो गईं। और वो अपने जोड़ों के साथ अपने-अपने घोंसलों में रहने चले गए। उसके बालों में कहीं-कहीं चाँदी के रेशे भी झलमलाने लगे।

"फिर एक दिन वह अपने शौहर के साथ जलसे में गई। वह सबसे आगे कुरसी पर अपने ख़ाविंद के साथ सफ़ेद बूटेवाली साड़ी पहने बैठी है। मंच पर बहुत से शायर बैठे हैं। वह ग़ज़ल सुन रही है, गीत सुन रही है। फिर जिसने सफ़ेद लिबास पहन रखा है, जिसके सिर पर ढेरों चील से सफ़ेद बाल हैं, जिसकी आँखें गहरी हैं, जिसकी आवाज़ बेहद दिलकश और वज़नदार है, वह कोई गीत गाता है। वह अंदाज़, वह अदा, उसके ज़ेहन में उतरती जाती है, और वह ख़यालों में खो जाती है।

"मुशायरा ख़त्म हो जाता है। उसका ख़ाविंद उसके कंधे पर हाथ रखकर कहता है, 'चलिए, आपका तआरुफ़ आज के शाने महफ़िल में कराता हूँ।' वह बादलों पर चलती हुई वहाँ तक पहुँचती है। शायर के बदन से एक ख़ूशबू सी उठती है, जो उसकी साँसों में समा जाती है। उसे कुछ अजीब सा महसूस

होता है। कभी उसे लगता है कि उसका कुछ खो गया है, कभी उसे लगता है कि उसे कुछ मिल गया है। अजीब कशमकश है। उसे कुछ बेचैनी सी होने लगती है—वह कुछ पकड़ना चाह रही है, मगर पकड़ नहीं पा रही है।

''वह शायर को आदाब करती है, शायर उसे क़बूल करता है, और कहता है, 'आपसे मिलकर बेहद ख़ुशी हुई। उम्मीद करता हूँ, आपको हमारी नज़्म पसंद आई।' फिर वह उसके कंधे थपथपा देता है। वह छूना, उसके अंदर कहीं गहरे को छू लेता है। उसका तन-बदन झनझना उठता है। अचानक उसके अंदर एक बारहसाला लड़की आरगंडी की फूलोंवाली झालरदार फ़्रॉक पहने नज़र झुकाए खड़ी हो जाती है। वह अपने ख़ाविंद के कोट का कोना पकड़कर खींचती है। उसका शौहर उसे अपनी बाँहों के घेरे में लेकर तसल्ली देता है।

''वह बादलों पर सवार घर पहुँचती है, और अपने शौहर से लिपट जाती है। उसका शौहर उसके प्यार में डूब जाता है।

''औरत को लगता है कि उसके जिस्म के अंदर कहीं गहरे में कोई मर्सिया गा रहा है, और आज वह फूट-फूटकर बह निकलेगा। वह ख़ुद को बँटा-बँटा महसूस करती है, मगर उसे हर वक़्त यह ख़याल रहता है कि शौहर इस दुनिया का ख़ुदा होता है। और वह अपने शौहर की छोटी-से-छोटी ज़रूरतों को पूरा करने के लिए अपना जिस्म और जान लगा देती है। इधर उसे अपने जज़्बात पर कोई क़ाबू नहीं रहता है। और वह एक ख़त शायर के नाम हवाई डाक से भेज देती है। जिसके जवाब का इंतज़ार उसे हर रोज़ रहता है।

''उसकी ज़ेहनी हालत दिन-ब-दिन नाजुक होती चली जाती है। और वह दिन-रात तस्बीह के दानों में उसका नाम फेरती है। उसकी ज़िंदगी का कोई लमहा ऐसा नहीं जाता, जिसमें उसका तसव्वुर न होता हो। वह ख़ुदा से दुआ करती, अल्लाह उसे सब्र दे, उसे राह दिखाए।

''कुछ ही दिनों बाद मुल्क से बड़ी आपा का ख़त आता है। उसके बेटे की शादी तय हो गई है। शादी में उसका शिरकत करना बेहद ज़रूरी है। उसका ख़ाविंद उसे मुल्क ले जाता है। शादी की गहमा-गहमी ख़त्म होने के बाद वह अपने तमाम अजीज़ रिश्तेदारों से मिलती है। फिर महज़ इत्तफ़ाक़न,

एक दिन वह अपने आपको उस क़दीमी शायर के रू-ब-रू खड़ा पाती है। वह उसका इस्तक़बाल करता है। उसके सारे बदन में बिजली-सी मचल जाती है। उसका ख़ुद पर से अख़्तियार ख़त्म सा होने लगता है, मगर वह ख़ुद को सँभालती हुई धीमे सुर में कहती है। 'अल्लाह! मैंने ज़िंदगी भर आपका इंतज़ार किया, आपके ख़त का मुझे हर रोज़ इंतज़ार रहता है। आपसे फ़क़त एक गुज़ारिश है। ख़ुदा के लिए, आख़िरी सफ़र पर मुझे आवाज़ दीजिएगा।'

शायर, जो ख़ामोश खड़ा था, उसकी उँगलियों का बोसा लेते हुए बोला, 'आगे से वह उसके ख़त का जवाब देगा।'

"उसने अपने शौहर को बताया कि पिछले दिनों उसकी मुलाक़ात उस क़दीमी शायर से हुई थी। उसके शौहर ने कहा, 'आपको उनका शागिर्द बनकर, उनसे अपनी नज़्मों की इस्लाह करानी चाहिए। वह एक नफ़ीस इनसान और आला दरज़े के शायर हैं।'

"उसने कहा, 'अल्लाह! मैंने कोशिश तो की है।' और उसकी आँखों में एक बूँद आँसू छलक पड़ता है।

"उसके ख़ाविंद ने प्यार से कहा, 'हिम्मते मर्दां, मदद-ए-ख़ुदा।' और उसके कंधे को प्यार से थपथपा देता है।

"छुट्टियाँ मनाकर कुछ ही दिनों बाद दोनों वापस अपने घर लौट आते हैं..." कहते-कहते वह उठ खड़ी हुई, और जल्दी से कहा, "अल्लाह! देर हो गई, मुझे चलना चाहिए, मेरा इंतज़ार हो रहा है।"

अभी मैं कुछ पूछना चाह रही थी, और इसके पहले कि मैं उसे रोकती वह छोटे मगर तेज़ क़दम रखती हुई, उस दरख़्त की ओर बढ़ गई जिसके नीचे, ऊँचे क़द का, चील-से सफ़ेद बालोंवाला, एक ख़ुशगवार शख़्स खड़ा था। जल्द ही उस शख़्स ने उसके कंधों को अपने दाहिने हाथ के घेरे में ले लिया और पल भर में दोनों मेरी आँखों से ओझल हो गए।

काफ़ी देर तक मैं वहाँ बैठी उस अद्‌भुत जोड़े के बारे में सोचती रही।

उस सारी रात मैं सो नहीं पाई। रात भर उस दिलकश औरत, और उस ऊँचे क़द के ख़ुशगवार शख़्स, जिसके बाल चील की तरह सफ़ेद थे, मेरे सपनों में आते रहे। वह अधूरी कहानी मुझे बेचैन करती रही।

सुबह उठते ही मेरा इरादा पार्क में डेरा डालने का था, इस उम्मीद में कि शायद वह आ ही जाए, और कहानी पूरी होने के साथ-साथ, मैं उसकी दिलचस्प शख़्सियत का लुत्फ़ उठाऊँ।

अभी मैंने चाय बनाई ही थी, और पहली चुस्की पीने के लिए प्याला उठाया ही था कि बाहर दरवाज़े की घंटी बजी। तमाम ज़रूरी और ग़ैर ज़रूरी ख़तों के साथ एक मोटा सा रजिस्टर्ड लिफ़ाफ़ा भी था। कौतूहलवश सबसे पहले मैंने उस मोटे लिफ़ाफ़े को ही खोला। खोलते ही एक ख़त मेरी चाय की प्याली में गिरते-गिरते बचा। खत किसी अजनबी की बेहद नपी-तुली ख़ूबसूरत लिखावट में था। उसने मेरी तसवीर एक आर्टिकल के साथ अख़बार में देखी थी, जिससे उसे जानकारी मिली कि मैंने लंदन में 'एशियन विमेन राइटर्स क्लब' की स्थापना की है। और मैं उन तमाम एशियाई औरतों को क्लब में आने की दावत देती हूँ जिन्हें लिटरेचर में रुचि है, ताकि हम औरतें आपस में मिलें और एक-दूसरे की ज़रूरतों को जान-पहचानकर अपने लिए एक साहित्यिक माहौल पैदा कर सकें।

आगे उसने लिखा था, कुछ ही दिनों पहले उसकी बीवी, जो बेहद नेक और पाक ख़यालात की थी, एक हादसे में मौत के गिरफ़्त में आकर जन्नतनशीं हो गई। वह इस ख़त के साथ अपनी बीवी के नज़्मों का मसविदा और फ़ोटो भेज रहा है। और साथ ही यह गुज़ारिश करता है कि मैं किसी प्रकाशक से मिलकर उन नज़्मों को एक ख़ूबसूरत किताब की शक़्ल दे दूँ। वह मेरा बहुत शुक्रगुज़ार होगा। उसकी ख़ुद की सेहत ठीक नहीं है, वरना यह तक़लीफ़ वह मुझे नहीं देता।

मैं बेहद अजीब सा महसूस कर रही थी। जल्दी से मसविदा खोला और जब मेरी नज़र फ़ोटो पर पड़ी, जो मसविदे के साथ रखी थी, तो मैं सकते में आ गई। मेरा सिर चकरा गया। मुझे चक्कर सा आने लगा···यह···यह फ़ोटो तो उस दिलकश औरत की है, जो मुझे कल पार्क में अपनी अधूरी कहानी सुना गई थी···और जिसके लिए मैं रात भर बेचैन रही···और वह ऊँचे क़द का चील से सफ़ेद बालोंवाला शख़्स···? जो उसका इंतज़ार दरख़्तों के नीचे कर रहा था···वह···वह···वह कौन था?

□

सफ़र में...

मेरी उस उदास और ज़र्द चेहरेवाली औरत से मुलाक़ात नहीं होती, इसलिए कि मुझे तो शुरू से ही वातानुकूलित डिब्बे में आराम से सोते हुए यात्रा करने की आदत थी। उससे मिलना शायद इत्तफ़ाक़ था। हुआ यों कि मैं अपने एक सहपाठी के लड़के की शादी में सिकंदराबाद गई थी। शादी २१ दिसंबर की थी और मुझे २५ दिसंबर को हर हालत में दिल्ली में होना ज़रूरी था। मेरे दोस्त की ज़िद थी कि मैं शादी में उपस्थित ज़रूर रहूँ। आख़िर वह मेरा सहपाठी है और यह उसके पहले लड़के की शादी है। उसने मुझसे वायदा किया कि मैं २५ दिसंबर को हर हालत में दिल्ली पहुँच जाऊँगी। ख़ैर, मेरे पास कोई चारा नहीं था। लौटते वक़्त समय की कमी के कारण मेरा आरक्षण नहीं हो सका और मुझे औरतोंवाले डिब्बे में बैठना पड़ा। मेरा सहपाठी बेहद शर्मिंदा था कि अपने वायदे के मुताबिक़ वह मेरा सही इंतज़ाम नहीं करा सका। मैं मन-ही-मन उससे नाराज़ थी। वह औरत सामनेवाली सीट पर दो बच्चों के साथ बैठी थी। उसकी उम्र क़रीब बाईस-तेईस वर्ष की होगी। एक बच्ची गोद में थी, दूसरी चौदह महीने क़ी और तीसरी पेट में। उदास और मासूम चेहरा लिये कभी वह एक बच्ची को सँभालती, तो कभी दूसरी को। जल्दी ही रेल में सफ़र कर रही दूसरी औरतों ने गोदवाली बच्ची सँभालना शुरू कर दिया, और वह चौदह महीनेवाली को सँभालती रही, जो अत्यंत नटखट दिख रही थी।

डिब्बे में बैठे लोग ज़रूरत से ज़्यादा थे। बैठने तक की जगह नहीं थी। मैं लंदन की रहनेवाली थी। छुट्टियों में कई वर्षों के बाद भारत आई थी। इस

कारण अनेक भारतीय पारिवारिक और सामाजिक तौर-तरीक़े तथा चहल-पहल दिमाग़ से उतर गए थे। मैं क्षुब्ध तो थी ही, इसलिए न किसी की तरफ़ देखा और न ही किसी से बात की। मैंने कुछ किताबें निकालीं और उनमें से एक चुनकर पढ़ना शुरू कर दिया। नया-नया लिखने का मर्ज़ लगा था, इसलिए बीच-बीच में एक-आध पंक्तियाँ भी लिख लेती। फिर मेरी किताब की पांडुलिपि भी साथ में थी। अत: उसको भी पढ़ती और कुछ सुधार लेती। यों भी मेरी फ़ितरत रूमानी है, ज़िंदगी की सच्चाइयों से मेरा कोई वास्ता नहीं है। मैं खुली आँख भी सपने देखती हूँ और बंद आँख भी। ज़ाहिर था कि मुझे उन लोगों में कोई दिलचस्पी नहीं थी। जाने कैसे उन लोगों ने जल्दी ही जान लिया कि मैं उनमें से एक नहीं हूँ। उन्हें मेरे आराम का ख़याल होने लगा। उदास और ज़र्द चेहरेवाली बाईससाला औरत ने मुझसे पूछा, ''क्या आपको बहुत दूर जाना है ?'' मैं ज़रा ज़्यादा ही आरामतलबी की आदी थी, सो भीड़ और तमाम शोरगुल से खीजी हुई थी। मैंने छोटा सा बेरुखा जवाब दिया, ''दिल्ली जाना है।'' और अपनी किताबों में मशगूल हो गई। थोड़ी देर वह मुझे देखती रही। मैंने उसकी निगाह की गरमी को अपने ऊपर महसूस किया। अपने साथवाली दूसरी औरत से उसने कुछ कहा, और जल्दी ही मेरे लिए आराम से बैठने के लिए जगह बन गई। मुझे ताज्जुब हो रहा था कि उसे यों मेरी फ़िक्र हो रही थी। उस औरत ने मेरा सामान देखा। मेरे पास सिवाय ओवर-नाइट बैग के और कुछ न था। यहाँ तक कि चौबीस घंटे की यात्रा और खाने का कोई सामान भी नहीं। मैंने सोचा, यूँ भी मुझे खाने की बहुत आदत नहीं है। फिर हमेशा ए.सी. में यात्रा करने की आदत थी, इसलिए सामान लेकर चलने की ज़रूरत महसूस नहीं होती थी।

आज जब साधारण दरज़े में बैठी तब समझ में नहीं आया कि बिस्तरबंद, बक्से, डलिया, पोटलियाँ आदि यात्रा के लिए बेहद ज़रूरी हैं। सोचा, मेरे पास तो कुछ भी नहीं है, चौबीस घंटे कैसे कटेंगे; किताबों को न बिछा सकती थी, न ओढ़ सकती थी, न खा सकती थी और न पी ही सकती थी। दिसंबर का महीना, खिड़कियों से आती ठंडी तेज़ हवा मेरे.जिस्म पर बर्छियाँ चला रही थी।

जल्दी ही उस उदास और ज़र्द चेहरेवाली औरत ने मेरी तमाम परेशानियों

को भाँप लिया। सिर्फ़ उस औरत ने ही क्यों, उस डिब्बे की तमाम औरतों को, जो ख़ुद बेबस थीं, तकलीफ़ में थीं, जिन्हें ख़ुद आराम की ज़रूरत थी, मेरे आराम की फ़िक्र ने बेचैन कर दिया।

रात होने से पहले मेरे लिए उन लोगों ने न सिर्फ़ आराम से बैठने की बल्कि सोने की भी व्यवस्था कर दी। मुझे लगा कि ये लोग मुझे ख़ास नज़रों से देख रहे हैं और मेरे आराम का विशेष ख़याल रख रहे हैं। क्यों? मैंने अपने एकमात्र बैग को और पास सरका लिया।

उन लोगों ने मेरे खाने की बाबत पूछा, मैंने उनसे कहा, "मैं सफ़र में नहीं खाती हूँ।" उन्होंने मुझे आश्चर्य से देखा। कई लोगों ने मुझे अपने हिस्से की पूरी, पराँठे, लड्डू आदि पेश किए; पर मैंने मना कर दिया। मैंने उनसे माफ़ी माँगते हुए कहा, "बात दरअसल यह है कि मेरा हाजमा कुछ ठीक नहीं है और अगर मैं सफ़र में कुछ खा लूँ तो मेरा पेट ख़राब हो जाता है।" उन्हें तसल्ली हो गई। उन्होंने मुझे पानी दिया, मैं वह भी नहीं पी सकी। दरअसल, वे लोग मुझे गंदे, अनपढ़ और गँवार लगे। मुझे उनकी सफ़ाई की आदतों पर शक़ था। यों बहुत कोशिशों के बावजूद मुझे हिंदुस्तान की गंदगी और फूहड़पन पर मितली सी आती थी।

सामने सीट पर बैठी उदास और ज़र्द चेहरेवाली बाईससाला औरत कुछ न बोली, सिर्फ़ बीच-बीच में मुझे ग़ौर से देखती जाती। मुझे उससे कुछ उन्सियत, कुछ बेचैनी—दोनों महसूस होने लगीं। उसके दोनों बच्चे लोगों से घुल-मिल गए थे। अब यह पता लगाना मुश्किल हो गया था कि वे किसके बच्चे हैं। वह औरत बच्चों की तरफ़ से बिलकुल बेफ़िक्र नज़र आ रही थी। कई बार तो मुझे ख़ौफ सा महसूस हुआ कि कहीं रात के अँधेरे में वह बच्चों को लोगों के पास छोड़कर, ख़ुद चुपचाप गुम न हो जाए। बहरहाल, मैं इंतज़ार करने लगी कि जल्दी ही दिल्ली आ जाए और मैं अपनी मोटरगाड़ी में बैठकर अपने घर चली जाऊँ। पर अभी तो पूरी रात और आधा दिन बाक़ी था। अब मुझे कुछ भूख सी लग आई।

पता नहीं उस औरत को कैसे पता चल गया। नागपुर आते ही उसने मेरे लिए दो दर्जन संतरे, आधा दर्जन केले और एक बिस्लरी की बोतल मँगा दी।

धीरे-धीरे उन लोगों का शोरगुल, भीड़-भड़क्का, पसीने की बदबू,

बिस्तरबंद, झोले, गठरियाँ आदि मेरी आँखों से ओझल होने लगे। मुझे उनमें एक ख़ास ख़ुशबू और क़दीमी इख़लाक नज़र आने लगा। मुझे ख़ुद पर ताज्जुब होने लगा। मुझे लगा, वे लोग इतने बुरे नहीं हैं जितने शुरू में लगे थे। मुझे लगा कि इन गंदे लोगों में भी एक तरह की सफ़ाई है। भीड़ उनकी मजबूरी है, पर उसमें भी एक अदब है, एक तरतीब है; जिसमें भाईचारे और इनसानियत की महक है। ये ऊपर से बेहद उजड्ड–गँवार नज़र आते हैं, पर अंदर से मोम के पुतले और दरियादिल हैं। इनके अंदर एक पवित्रता है जो इनके अंदर के इनसान को महफूज़ रखती है। अब मुझे वहाँ बैठना अच्छा लगने लगा। मैंने उन लोगों को ग़ौर से देखना शुरू किया।

उनके चेहरे निचुड़े हुए थे। उनके बदन पर मांस बहुत कम था। उनके बदन के कपड़े बदरंग थे। उनकी बोली में अजीब सी दासता थी; पर उनमें एक अजीब सा सहयोग था। डिब्बे में जगह न होने पर भी, हर नए आनेवाले के लिए थोड़ी सी जगह बन जाती। छोटे बच्चों के लिए गोद हमेशा तैयार रहती। वे लोग मुझे ज़मीन के लोग लगे। जो कुचले हुए हैं, पर उठे हुए हैं। ये वे लोग हैं जिनके पास ज़मीर की चुभन है। जिनकी जेंबें फटी हैं, पर उनमें पैबंद लगाने की गुंजाइश है। मुझे आश्चर्य हो रहा था कि मैं यह सब पहले क्यों न देख सकी। मैंने अपना चश्मा उतारा, साफ़ किया और फिर से लगा लिया।

सामने सीट पर बैठी बाईससाला उदास औरत ने मुझे फिर ग़ौर से देखा, मुझे उसका चेहरा और ज़र्द लगा। जल्दी ही मैंने उसपर से नज़र हटा ली। मुझे उससे अजीब सी हमदर्दी होने लगी। मुझे लगा, वह औरत मुझे अंदर तक पढ़ चुकी है। और अब वह ख़ुद मेरे ज़ेहन में उतरती जा रही है। तभी उसने कहा, ''रात काफ़ी हो चुकी है, आप सो जाएँ। यों भी सारा दिन आप लिखती रही हैं। आपको नींद की सख़्त ज़रूरत है।'' मैंने अपने बैग को सिर के नीचे हिफ़ाजत से रखा और सोने की कोशिश करने लगी, उस थोड़ी सी जगह में; जो अब बड़ी और आरामदेह लगने लगी थी।

मैं सारे माहौल से बेख़बर बर्थ पर लेटी अधखुली आँखों से उस उदास और ज़र्द चेहरेवाली औरत को देख रही थी। मुझे लगा, उसका मासूम और ज़र्द चेहरा और भी ज़र्द होता जा रहा है। वह सामने बैठी थी और मैं उसे

देख रही थी। धीरे-धीरे सपने मुझपर हावी होने लगे। उसकी शक्ल हौले-हौले मोनालिसा में तब्दील होने लगी और सारी दुनिया की मजलूम औरतों की करुणा उसके चेहरे में भरने लगी। उसकी शबनमी आँखें झरने बन गईं, जिनमें से आँसू जलप्रपात से बहने लगे और उनमें से छिटकी बूँदें मुझे भिगोने लगीं। फिर उस औरत का जिस्म समुंदर बन गया, जिसमें उसका मासूम और ज़र्द चेहरा डूबने और उतराने लगा।

मैं समुंदर के किनारे हाथ हिला-हिलाकर चिल्ला रही थी, "मैं तुम्हें बचा नहीं सकती हूँ, पर तुम डूब नहीं सकती हो। कोशिश करो, हाथ-पाँव मारो, डूबो मत।"

हवा तेज़ चल रही थी। समुंदर गरज रहा था। लहरों के थपेड़ों और शोर में मेरी आवाज़ गुम हुई जा रही थी। मेरी पुकार किसी तरह उस तक नहीं पहुँच पा रही थी। मैं बहुत बेबस महसूस कर रही थी। मैं अपने कटे बालों को कोस रही थी, काश! मेरे बाल 'रपंजल' की तरह लंबे होते, मैं उन्हें समुंदर में फेंक देती। और वह उसे रस्से की तरह पकड़कर बाहर चली आती। मेरे पास उस मजलूम औरत को बचाने का कोई तरीक़ा न था। समुंदर में सैलाब आ रहा था और वह डूब रही थी। मेरा दिल कह रहा था कि अगर मैं उसे बचा नहीं सकती तो मुझे भी डूब जाना चाहिए।

वह औरत डूब रही थी, फिर भी उसने मेरे ख़यालों को पढ़ लिया। तूफानी लहरों ने जब उसे ऊपर की ओर फेंका तो वह ज़ोर से चिल्लाई, "तुम डूबना मत, तुम भाग जाओ, तुम्हारे पीछे ज़मीन है। मुझे डूबने दो। मैं बच नहीं सकती। मेरे फेफड़ों में पानी भर चुका है। तुम···तुम ख़ुद को बचा लो···और···बाक़ी लोगों को बचा लेने की कोशिश करना।" और सैलाब उसे बहा ले गया।

मेरी आँख खुल गई। मैंने जल्दी से सामने की सीट पर देखा। वह औरत अभी भी वैसे ही बैठी थी। फ़र्क सिर्फ़ इतना था कि डिब्बा ख़ाली हो चुका था। बाक़ी औरतें अपने-अपने मुकाम पर उतर चुकी थीं। चौदह महीने की बच्ची सीट पर सोई हुई थी। छोटी उसकी गोद में खेल रही थी। उसके मासूम, उदास और ज़र्द चेहरे पर टिकी हुई ख़ूबसूरत शबनमी आँखें नम थीं। रात भर वह सोई नहीं थी। उसकी आँखों में लाल रेशे उभर आए थे।

पपोटे फूले हुए थे।

मैं उसे अपनी बाँहों में भरकर कहना चाहती थी, 'देखो, तुम डूबना मत, मैं तुम्हें बचा लूँगी···,' कि उसके ख़ूबसूरत होंठ काँपे और उसने बाँसुरी-सी सुरीली आवाज़ में कहा, ''आप अदीब हैं, आप औरतों के बारे में लिखें। उनकी मजबूरियों के बारे में लिखें।''

मैं कुछ कहना चाह रही थी कि गाड़ी रुक गई। मूँछें उमेठता, तहमद पहने एक मग़रूर क़िस्म का आदमी उसे लेने आ गया और वह सिकुड़ती-सिमटती ज़र्द चेहरे के साथ दोनों बच्चों को सँभालते हुए उसके साथ घिसटती चलने की तैयारी करने लगी। मैंने फुरती के साथ पर्स में से अपना कार्ड निकाला और उसकी हथेली में दबा दिया, फिर उसके कान में फुसफुसाई, ''मुश्क़िलों में मुझे याद करना, मुझपर ऐतबार करना।'' मुझे अपने ऊपर हैरत हुई, मैं कब से इतनी ख़बरदार हो गई।

वह मोनालिसा जब-तब मेरे जेहन पर छा जाती है। मैंने जल्दी ही अपना ज़रूरी काम ख़त्म किया और दिल्ली से लंदन चली आई। लंदन की गहमा-गहमी और व्यस्त जीवन शीघ्र ही मुझपर हावी हो गया। एक तो ख़ाली वक़्त न मिलता, और अगर मिलता तो नए-नए सपने बुनती। याददाश्त अच्छी न होने की वजह से देख की सारी तल्ख़ यादें बिसर गईं। बस कभी-कभी तनहाई में उस सोंधी मिट्टी की गंध मुझे ज़रूर बेचैन कर जाती, जिस मिट्टी से मेरा तन-मन रचा गया था। और वह मोनालिसा और उसकी वे शबनमी हिरनी-सी आँखें ज़रूर कभी-कभी मेरी सपनीली आँखों से टकरातीं और मैं अपने अंदर एक अजीब सी बेचैनी महसूस करती।

कुछ ही दिनों बाद एक ख़त आया। उलट-पुलटकर देखा, पोस्टमार्क मथुरा का था। किसी शबनम ने लिखा था। आश्चर्य सा हुआ, मैं तो किसी शबनम को नहीं जानती।

लिखा था, 'बहन, मुश्किलों में आपको याद कर रही हूँ। मुझे आपकी इनसानियत पर भरोसा है। जब तक आपको यह ख़त मिलेगा, मैं ख़ुदकुशी कर चुकी होऊँगी। मेरी गोद की बच्ची का गला मेरे ख़ाविंद ने घोंट दिया, क्योंकि उस मासूम की शक़्ल उससे नहीं मिलती थी। बड़ी बेटी को मैंने मुमानी के पास भेज दिया है, पता लिख रही हूँ। आप जल्दी ही उसे किसी

यतीमखाने में भेज दीजिए, जहाँ मेरा ख़ाविंद उसे न पा सके। मेरे पेट का बच्चा अल्लाह के दरबार में उससे फ़रियाद करेगा।'

मैं धक् से रह गई। मेरी मोनालिसा! आँसुओं का सैलाब मेरी आँखों में उमड़ आया। मैं मोनालिसा को नहीं बचा सकी। वह डूब गई।

सच कहूँ, सपने देखना मेरी फ़ितरत है। हालाँकि वह बच्ची मेरी माँ के पास पल रही है। मैं उसे लंदन लाना चाह रही हूँ, पर कानून ऐसा है कि मैं उसे यहाँ नहीं ला सकती हूँ। मेरी रिहाइश हिंदुस्तान में नामुमकिन है। और औरत शबनम ने मेरा वास्ता हक़ीक़त से करा दिया है। और अब मैं हक़ीक़त के सपने देखती हूँ। बाज़वक्त में इन सपनों को हक़ीक़त में तब्दील करने में इस क़दर मसरूफ़ हो जाती हूँ कि लोग मुझ मग़रूर, बेरुख़ और नीमपागल समझने लगते हैं। ख़ैर, मुझे इन बातों से कोई मतलब नहीं है, पर मैं इतना जानती हूँ कि ज़िंदगी बेहद कड़वी है और औरत की ज़िंदगी तो अभिशाप है। औरत बहुत मजबूर है। मैं उस बच्ची को लंदन ज़रूर लाऊँगी और उसके लिए मैं दुनिया की हर लड़ाई को लड़ूँगी। शबनम मेरी ज़िंदगी बदल गई। सपने देखने की मेरी फ़ितरत को एक नया मोड़ दे गई।

□

समर्पिता

रत्ना से मेरी मुलाकात पिछले साल यॉर्क में हुए 'साला कॉन्फ्रेंस' में हुई थी। तीन दिनों में ही मेरी और उसकी अच्छी दोस्ती हो गई थी। उसने मुझे उसी समय 'ऑटम हाफ-टर्म' की छुट्टियों में स्कॉटलैंड आने का निमंत्रण दे दिया था।

स्कॉटलैंड की मेरी यह पहली यात्रा थी, इसलिए 'हाफ-टर्म' की छुट्टियाँ बिताने तथा 'भाषा अधिवेशन' में भाग लेने मैं रत्ना के पास एडिनबरा जा रही थी। अक्तूबर-नवंबर में भी एडिनबरा में अकसर तुषारपात हो जाता है। अत: रत्ना ने मुझे पहले आगाह कर दिया था।

इधर चलने से पहले रत्ना से मेरी बात हो गई थी। उसने मुझे प्लेटफार्म पर ही मिल जाने की बात कही थी। ट्रेन अपने स्केजुएल के मुताबिक ठीक साढ़े ग्यारह बजे वेवरली स्टेशन पर पहुँच गई। सर्दी इतनी थी कि हाथ-पाँव सुन्न हो रहे थे। मैंने गले में डाले हुए मफलर को अच्छी तरह लपेटकर दस्ताने पहने और कोट के कॉलर को ऊँचा करते हुए, रत्ना को तलाशने के लिए नजर घुमाई, बाहर स्नो फॉल हो रहा था। आसमान से मैदे की तरह महीन बर्फ झर रही थी। तापमान इतना नीचे गिर गया था कि बर्फ सारे वातावरण को अपनी बाँहों में समेटे जा रही थी। रत्ना का कोई पता नहीं था। उस रात की यह अंतिम ट्रेन थी, जो एडिनबरा में ही खत्म होती थी। सारे पैसेंजर जा चुके थे। प्लेटफॉर्म खाली पड़ा था। कोने में लोहे की तीन ट्रॉलियाँ खड़ी थीं, जिनमें कल जानेवाले काले रंग के पोस्ट बैग रखे थे। उसी के पास बेंच पर एक छतरी पड़ी हुई थी, जिसे शायद कोई भूल गया था। पेडस्टल पर

रखे पाँचों कूड़ेदान ऊपर तक भरे हुए सुबह का इंतजार कर रहे थे। चारों तरफ गजब का सन्नाटा था। अचानक जोरों की हवा चली। ढेर सारी बर्फ अंदर आई और प्लेटफॉर्म पर सफेद चादर सी बिछ गई। साथ ही मैदा सी महीन बर्फ मेरे चेहरे और कपड़ों पर चिपक गई, मैं अंदर तक कठुआ गई। ठंड से मेरे दाँत बजने लगे। नाक का कोई पता न था। होंठों पर सूजन सी महसूस हो रही थी। अचानक कूड़ेदान से कोका-कोला के दो टिन और ईवनिंग स्टैंडर्ड के तीन-चार पन्ने फर्श पर एक साथ गिरे। लगा, कोई बम सा फटा हो। पोस्ट बैग पर दुबकी काली बिल्ली म्याऊँ करती हुई उछली और मेरे पैरों के पास आकर अपने अकड़े हुए बदन को सीधा करने लगी। कोका-कोला के टिन अब अखबार से अटखेलियाँ कर रहे थे। उस सन्नाटे में यह खड़-खड़ की आवाज मुझे जिंदगी के होने का एहसास दिला रही थी। रत्ना का कोई पता न था। मुझे कुछ घबराहट सी होने लगी थी। अच्छा-खासा स्टेशन, जो थोड़ी देर पहले तक सजा-धजा परियों का देश लग रहा था, जहाँ अभी घड़ी भर पहले लोग रंग-बिरंगी टोपियाँ, मफलर लगाए इधर-उधर व्यस्त से भाग-दौड़ रहे थे, वही पल भर में बियाबान, भयानक भूत महल-सा लग रहा था। मेरे पूरे बदन में शीत लहर सी दौड़ गई।

अचानक दूर से एक बेहद मोटा थुल-थुल बदनवाला आदमी 'किटी-किटी' की आवाज देता हुआ आया और झपटकर बिल्ली को गोद में उठाते हुए बुदबुदाया, "ओह! व्हाय आर यू सो क्रुएल, यू नो फैनी वोंट गो टु स्लीप, अनलेस शी हैज पुट यू टु बेड।" फिर उसने मेरी ओर देखा और कहा, "मेरी पत्नी इस बिल्ली को बहुत प्यार करती है और यह किटी है कि इसे यह स्टेशन बहुत प्रिय है। मुझे रोज रात इतनी सर्दी में इसे लेने यहाँ आना पड़ता है। पर तुम अभी तक यहाँ क्यों खड़ी हो? अब तो यहाँ कोई टैक्सी भी नहीं मिलेगी, मेरे पास एक खाली कमरा है, जिसे हम 'बेड एंड ब्रेकफास्ट' पर किराए पर देते हैं, तुम चाहो तो आज रात वहीं रुक लो। फिर कल जहाँ जाना हो चली जाना, वरना यहाँ खड़े-खड़े ठंड से तुम्हारी रूह फना हो जाएगी।"

मैंने उसे सिर से पाँव तक देखा, आदमी शरीफ लग रहा था, वरना कोई क्यों इतनी रात गए, वह भी धमनियों में रक्त जमा देनेवाली ठंड में, सिर्फ

बीवी की सनक के पीछे भागता हुआ, बिल्ली खोजने निकल पड़ता। जानवरों से ऐसा प्यार शायद सिर्फ अंग्रेज ही कर सकता है। फिर खुद ही अपने विश्लेषण पर मन-ही-मन हँस पड़ी, जैसे मैंने बहुत सारे अंग्रेजों से प्यार किया हो और उन्होंने मुझे अपने जानवरों पर कुरबान कर दिया हो··· ।

अभी मैं उसके प्रस्ताव पर सोच-विचार कर ही रही थी कि काले रंग की एक गाड़ी मेरे सामने आकर खड़ी हो गई। डफल कोट पहने हुए एक स्कॉटिश गाड़ी ड्राइव कर रहा था। मैं समझ रही थी कि मिनी कैब में रत्ना मुझे लेने आई होगी, किंतु गाड़ी में कोई बैक सीट पैसेंजर नहीं था। ठंड से मेरी हालत खराब हुई जा रही थी। मैं रत्ना को मन-ही-मन कोस रही थी। स्कॉटिश हाथ में पकड़े मोबाइल पर किसी से बातें करता हुआ बीच-बीच में मुझे देखे जा रहा था। मुझे कुछ परेशानी सी महसूस हो रही थी कि आखिर वह मुझे क्यों देख रहा है। थोड़ी देर में उसकी बातचीत बंद हो गई। घड़ी भर वह फोन हाथ में लिये बैठा रहा, मानो किसी के फोन का इंतजार कर रहा हो। हुआ भी वही, पल भर बाद फोन की घंटी चहचहा उठी। मेरा खयाल सही निकला। फिर मैंने सोचा, अब वह अपने पैसेंजर को न पाकर वापस चला जाएगा और मैं फिर अकेली खड़ी कमबख्त रत्ना का इंतजार करूँगी। और अब तक वह थुल-थुल आदमी भी अपनी बिल्ली किटी को लेकर फैनी के साथ बिस्तर में घुसकर आराम से सो रहा होगा। मैंने उसका पता भी नहीं लिया। आखिर यह रत्ना गई कहाँ? अब मैं जाऊँ कहाँ? मुझे कुछ रुलाई सी आने लगी थी। मैंने सामने खंभे पर लगी घड़ी पर नजर डाली, रात के ठीक बारह बज रहे थे। मुझे आए पूरा आधा घंटा हो चुका था। तभी वह स्कॉटिश दरवाजा खोलकर बाहर आया और स्कॉटिश इंगलिश में बोला, "मैडम, आपका फोन है।"

मैं कुछ घबराई, कुछ चकित सी होकर बोली, "नहीं-नहीं, मेरा फोन नहीं हो सकता है। मैं···मैं तो अपनी मित्र रत्ना का इंतजार कर रही हूँ।" फिर भी मैंने फोन उसके हाथ से ले लिया। उधर से आवाज आई, "हैलो! हैलो!! अरे, मैं रत्ना बोल रही हूँ, सॉरी, मैं तुझे लेने नहीं आ सकी।" मैं बस बम के गोले सी फटने ही जा रही थी कि तभी ड्राइवर ने कहा, "मैडम, आप कार में बैठें, बाहर बहुत ठंड है।"

"तू है कहाँ, बदतमीज। मिल तो सही, मैं तेरा कचूमर बनाती हूँ, ठंड में मेरी कुल्फी जम गई और तुझे हँसी सूझ रही है।"

रत्ना कुछ रुआँसी सी हो उठी और बोली, "अरे नहीं, हँसी नहीं कर रही हूँ। माँ का बुरी तरह से एक्सीडेंट हो गया है; मैं एअरपोर्ट से बोल रही हूँ। मुंबई जा रही हूँ, शायद उनसे मेरी यह आखिरी मुलाकात हो। तू ट्रेन में थी, तुझसे किसी तरह संपर्क नहीं बन पा रहा था। खैर, तेरा इंतजाम मैंने अपनी एक मित्र के यहाँ कर दिया है और तुझे...ओ माई गॉड! लास्ट काल..." और कनेक्शन कट गया।

मेरी स्थिति विचित्र थी। इस बर्फीली रात में मैं कहाँ जा रही हूँ? किसके पास जा रही हूँ? मुझे कुछ भी पता नहीं था। पहाड़ी रास्ते पर एक के बाद दूसरा मोड़ लेती हुई गाड़ी किसी सुनसान रास्ते पर चली जा रही थी। बुरी तरह से स्नो फॉल हो रहा था, विंड स्क्रीन व्हाइपर तेजी से चल रहा था। ढेरों सफेद तितलियाँ सारे वातावरण को सफेद चादर में बदलती जा रही थीं। कहीं कोई रंग नहीं, सारा स्कॉटलैंड चाँदी-सा चमक रहा था। सिर्फ कहीं-कहीं ऊँचे चीड़, देवदार और सिकामोर के वृक्ष अपनी लंबी-काली पुष्ट बाँहें फैलाए श्वेतांबरी को बाँहों में भरने को आतुर लग रहे थे। गाड़ी वातानुकूलित थी। अत: मैं काफी आराम महसूस कर रही थी। मैं अभी ड्राइवर से अपने मेजबान के बारे में पूछना ही चाह रही थी कि गाड़ी आयरन गेट को पार करती हुई पोर्च में जाकर खड़ी हो गई। कैसी जादू नगरी में आ गई हूँ, मुझपर जैसे कोई नशा सा हुआ जा रहा था। जिस मकान में मैं प्रवेश करने जा रही थी वह किसी राजमहल से कम नहीं लग रहा था। बाहर फ्रंट गार्डन में जगह-जगह फ्लड लाइट्स लगे हुए थे। शायद कोई मैनर हाउस हो...या कोई भव्य, विशाल, रोशनी में सराबोर मध्य युगीन राजमहल, जिसके चारों ओर दूधिया, सफेद-जादुई कारपेट बिछा हुआ था।

मन में बड़ी दुविधा हो रही थी कि पता नहीं, मैं किसकी मेहमान होने जा रही हूँ। मेरे मेजबान स्कॉटिश हैं या अंग्रेज, मुझे कुछ भी तो नहीं पता था। अंग्रेज बहुत औपचारिक होता है, परंतु स्कॉटिश के बारे में सुना है कि वे मित्रवत् होते हैं। फिर सोचा, यदि मुझे यह जगह रास न आई तो अगले दिन मैं अपना बंदोबस्त किसी अच्छे 'बेड एंड ब्रेकफास्ट' में कर लूँगी। फिर मैंने

अपने मन को तसल्ली दी। रत्ना का भी क्या दोष, उसकी भी तो मुश्किल थी। दो घंटे में सारा इंतजाम करना कोई आसान होता है क्या? अगर यह भी नहीं होता तो मैं क्या करती! इतनी रात गए कहीं जगह तलाशना…।

तभी ड्राइवर ने गाड़ी का दरवाजा खोलकर बाहर आने का आमंत्रण देते हुए कहा, "मैडम, बैरोनेस आपकी प्रतीक्षा ड्राइंगरूम में कर रही हैं।" बैरोनेस! बाप रे बाप!! और इतनी रात गए मेरा इंतजार कर रही है! इस रत्ना ने तो लगता है, मुझे अच्छी-खासी मुसीबत में डाल दिया। मुझे यों भी नई जगह और नए लोगों से खासी घबराहट होती है, खासकर जब वो आभिजात्य वर्ग के हों। अब यह बैरोनेस…भगवान् जाने कैसी बूढ़ी-खूसट हो! खैर, रात भर तो मुझे यहाँ रहना ही होगा, सुबह की सुबह देखी जाएगी। अब तक हम लोग हॉल पारकर अंदर प्रवेश कर चुके थे। घर बेहद शानदार था। हॉल की दीवार पर बड़ी-बड़ी आदमकद की मैनर में रहनेवालों के पुरखों की तसवीरें लगी हुई थीं। मैंने सोचा, बूढ़ी बैरोनेस भला इतनी रात तक क्या जग रही होंगी? इसने तो बस यूँ ही कह दिया होगा! अब तो सुबह ही उससे मुलाकात होगी, और खुदा-न-खास्ता यदि जग भी रही होंगी तो औपचारिकतावश मुझसे यात्रा का हाल पूछेंगी और एक कप कॉफी पर टरकाकर 'गुड नाइट' कहते हुए हाउस-कीपर को मुझे बेडरूम का रास्ता दिखाने को कहेंगी। और यहाँ भूख के मारे कुड़की हुई जा रही थी। और मुझे एकदम से अपना हिंदुस्तानी माहौल याद आ गया—ओ माई गॉड! यह मैं कहाँ आ गई…कहीं सपना तो नहीं देख रही हूँ। ड्राइंगरूम में प्रवेश करते ही लगा, जैसे मैं भारत के किसी राजमहल में आ गई हूँ। भारतीय एवं स्कॉटिश अलंकारों से सुसज्जित वह कमरा उसमें रहनेवालों की सुरुचि और व्यक्तित्व का भरपूर परिचय दे रहा था। दरवाजा खुलते ही लंबी छरहरी यूरोपियन परिधान पहने एक खूबसूरत युवती ने हलके से हँसते हुए भारतीय ढंग से मेरा स्वागत किया। लगा, एक साथ ढेर सारी जूही की कलियाँ खिल गईं, मेरी सारी घबराहट मानो छू-मंतर हो गई।

युवती बेहद खूबसूरत थी। ऐसा अनुपम सौंदर्य जरा कम ही देखने को मिलता है। उसने स्नेह से मेरे दोनों हाथों को अपने कोमल हाथों में लेते हुए कहा, "मैं तितिक्षा हूँ—तिति। रत्ना ने मुझे आपके बारे में सबकुछ बता दिया

है। आप इसे अपना ही घर समझें। रत्ना मेरी सेक्रेटरी भी है और मित्र भी, वह यहीं आउट हाउस कॉटेज में रहती है। अचानक ही माँ के एक्सीडेंट के कारण उसे मुंबई जाना पड़ा। अब तो आप मेरी मेहमान हैं।'' फिर उसने मेरी ओर स्नेह से देखा और बोली, ''आप बहुत थकी हुई लग रही हैं। यदि खाना खाकर जल्दी सो जाएँ, तो कल स्वस्थ एवं प्रफुल्ल अनुभव करेंगी।''

उसके सौम्य, सहज एवं गरिमामय व्यक्तित्व में एक अजीब सा आकर्षण था और मैं सहज हो उठी। तभी बटलर ने बताया कि खाना लग गया है।

हम दोनों डाइनिंग रूम की ओर बढ़े। चारों ओर मध्य युगीन भारतीय एवं यूरोपियन कलात्मक वैभव का सुरुचिपूर्ण बिखराव था। वास्तुकला एवं चित्रकला का ऐसा कलात्मक संगम मैंने आज तक कहीं नहीं देखा था। मन में बार-बार उसके व्यक्तिगत जीवन को जानने की उत्सुकता हो रही थी, किंतु संकोचवश पूछ नहीं पा रही थी। एक भारतीय युवती का इतनी कम उम्र में बैरोनेस का खिताब कुछ कम चकित कर देनेवाला अनुभव नहीं था। मेरा कथाकार मन कथा के सूत्र को न पकड़ पाने के कारण बेचैन हो रहा था।

रात काफी हो चुकी थी। हम दोनों ने खाना खाया, जो बहुत स्वादिष्ट था।

मुझे जोरों से नींद आ रही थी, थकान भी खूब लग रही थी। हालाँकि अतिथि-कक्ष में जरूरत की सभी चीजें करीने से लगी हुई थीं, फिर भी वह शुभ रात्रि और मधुर स्वप्न की शुभकामनाएँ देती हुई कहती गई, यदि किसी चीज की आवश्यकता हो तो मैं उसे या मैरियन को बेझिझक आवाज दे सकती हूँ।

मैरियन शायद उसकी हाउस-कीपर होगी। मुझे लगा, बटलर और ड्राइवर एक ही व्यक्ति है। पर बैरन कहाँ है? शायद सो रहा हो! शायद स्कॉटिश हो! आजकल मिक्स मैरिजेज भी तो काफी होने लगी हैं! बैरोनेस भारतीय होते हुए भी रहन-सहन और तौर-तरीके से बिलकुल अंग्रेज़ लगती है, फिर भी भारतीय अतिथि-सत्कार को किस खूबसूरती से निभा रही है। कितने प्यार से मिली, कितना खिचाव है उसके व्यक्तित्व में। नाजुक और खूबसूरत भी तो कितनी है, बिलकुल राजकुमारी-सी। मैं जल्दी से जान लेना चाहती थी कि वह बैरोनेस कैसे बन गई? हो सकता है, माँ-बाप ने उसे पेट काट-काटकर यहाँ पढ़ने को भेजा हो और उसके अनुपम सौंदर्य पर रीझकर इस घर के

स्वामी बैरन ने उसे प्रपोज कर दिया हो। और फिर इंग्लैंड आकर भला कौन वापस जाना चाहता है।···'रैग्स टु रिचेज' की दुनिया में बहुत सी कथाएँ प्रसिद्ध हैं। मैंने अपने आप ही दलील दी, पर ये हिरनी-सी बड़ी-बड़ी आँखें कहीं गहरे में दर्द से बोझिल लगती हैं···आँखें झूठ नहीं बोलतीं···कहीं यह 'ब्यूटी एंड द बीस्ट' वाली 'ब्यूटी' तो नहीं है। और मुझे अपनी कल्पना पर आप ही हँसी सी आने लगी। खिड़की पर चाँद उतर आया था। मैं मुग्धा सी बहुत देर तक चाँदनी रात में दूर-दूर तक फैले कोमल श्वेत संगमरमरी विस्तार के इस अलौकिक दृश्य को विभोर हो निहारती रही। पल भर को लगा, उस आयरन गेट के पास प्रहरी से खड़े वीपिंगविलो के नीचे कोई खड़ा है।···शायद मैं बहुत थक गई थी···इतनी रात, इतनी ठंड में भला कोई क्यों बाहर स्नो में खड़ा होगा? मैंने शावर लिया और बिस्तर में घुस गई। पल भर में नींद ने मुझपर कब्जा कर लिया।

सुबह आँख बहुत देर से खुली। बैरोनेस तितिक्षा लिविंगरूम में बैठी मेरा इंतजार कर रही थीं। जलपान करते हुए उन्होंने मुझसे पूछा कि मेरे पास कितने दिनों की छुट्टियाँ हैं और मैं उन्हें किस तरह बिताना चाहूँगी। मैंने उन्हें बताया, "वस्तुतः मेरे पास सिर्फ तीन-चार रोज की छुट्टियाँ हैं और मुझे प्राकृतिक दृश्य बहुत अच्छे लगते हैं। अतः अधिकांश समय मैं प्रकृति के साहचर्य एवं पढ़ने-लिखने में व्यतीत करना चाहूँगी। स्कॉटलैंड है भी तो कितना सुंदर, और अंतिम दिन तो कॉन्फ्रेंस में ही व्यतीत होगा।" फिर कुछ रुककर मैंने कहा, "आपका यह ऐतिहासिक भवन तो स्वयं प्रकृति की गोद में खेल रहा है। कहीं और जाने की आवश्यकता ही नहीं।" खिड़की से नीला खुला आसमान, बर्फ से ढकी पहाड़ियाँ, दूर-दूर तक फैली गहरी घाटियाँ, चाँदी-सी चमकती वह झील, कल-कल करता झरना और फिर वह धवल विस्तार, जिसमें पहरुए से खड़े बाँहें फैलाए विशाल वृक्ष। रात में चाँद भी निकला था, अद्‌भुत दृश्य था। क्षण भर को लगा, वीपिंगविलो के नीचे कोई खड़ा, ऊपर खिड़की में खड़ी अपनी प्रेयसी को देख रहा है। कुछ-कुछ 'रोमियो-जूलिएट' फिल्म से उतारा हुआ दृश्य लग रहा था; मैंने ही फिर संकोच छोड़कर पूछा, "पर क्या आप यहाँ अकेली रहती हैं, आपके परिवार में और कौन है?"

उसने पल भर मेरी ओर देखा। लगा, उसकी बड़ी-बड़ी भाव-प्रवण आँखें कुछ तरल हो उठी हैं, बोली, ''कभी-कभी बेन वीपिंगविलो के तने से लगकर खड़ा हो, ऊपर खिड़की की ओर देखता है तो किसी मनुष्य के खड़े होने का आभास होता है।''

उसी समय बगल के कमरे से एक बड़ा सा काले रंग का लेब्राडोर आया और उसकी गोद में सिर रखकर बैठ गया। वह देर तक उसके सिर को सहलाती रही। फिर उसके चेहरे को दोनों हाथों में उठाकर उसकी आँखों में प्यार से देखते हुए बोली, ''बेन, कल रात तुम फिर विलो के नीचे खड़े थे।''

और फिर वह फायर-प्लेस के अग्निकुंड में जल रही पाइन की सुगंधित लकड़ियों को कुरेदने लगी, और काफी देर तक कुरेदती रही। फिर उठी और सामने पड़ी रॉकिंग चेयर पर आँख बंद करके बैठ गई। मैंने उसके चेहरे की ओर देखा, दिन की रोशनी में उसका चेहरा कुछ पीला-सा लगा। ऐसा लगा मानो वह रात भर सो नहीं पाई थी। उसकी भाव-प्रवण मृगशावक-सी आँखों में गुलाबी डोरे उभर आए थे। उसकी काली घनी पलकें कुछ शबनमी लगीं।

पल भर बाद उसने खनकती हँसी के साथ कहा, ''नहीं, मैं अकेली नहीं हूँ, मेरे साथ बैरन है, मैरियन है, बेन है, फिर संडे लंच पर बच्चे आ जाते हैं, और सारा घर पूरे सप्ताह फूलों-सा महकता है। पहले आमतौर पर बैरन रात के नौ बजे बेन को बाहर सैर के लिए ले जाते थे और गेट से बाहर निकलने से पहले घड़ी भर को विलो ट्री के नीचे खड़े होकर मुझे 'वेव' करते थे। रात उनकी नींद कुछ 'डिस्टर्बिंग' रही और वह ठीक से सो नहीं सके। अतः अभी सो रहे हैं। उन्हें बच्चों से बेहद प्यार है। आज संडे है न, घंटे-डेढ़ घंटे में बच्चे घर आनेवाले हैं। संडे हमारे लिए एक त्योहार सा होता है। 'संडे रोस्ट' और 'पुडिंग' में 'ट्राइफल' बड़े ताम-झाम से बनता है। बैरन स्वयं बच्चों से चंचल हो उठते हैं। रत्ना और मैरियन पूरी तत्परता से बच्चों को खिलाने-पिलाने में हमारी सहायता करते हैं। आज रत्ना नहीं है, एग्नेस हैं, फिर आज तो आप भी हमारे साथ हैं। खाना खाने के बाद हम लोग उनके साथ फुटबॉल खेलते हैं।''

''इस स्नो में आप लोग बॉल खेलेंगे?'' मैंने अविश्वास भरे आश्चर्य से कहा।

वह फिर हलके से हँसी। लगा, सारा वातावरण खुशबू से भर उठा।

मुझे उससे बात करना बहुत अच्छा लग रहा था। उसके व्यक्तित्व की गरिमा, उसका अमित सौंदर्य और बातचीत करने का तरीका, सबकुछ मेरे मन में अजीब सा आदर और कौतूहल भरता जा रहा था।...मैं बैरन से मिलने की राह देख रही थी।

"ओ, यस, आज केवल बॉल नहीं, स्नोबॉल खेला जाएगा। आपको यदि ठंड अधिक लगे तो आप अंदर बैठकर भी खेल देख सकती हैं। स्वस्थ रहने के लिए ताजा हवा और व्यायाम आवश्यक है। स्कॉटलैंड की इस सर्दी में शरीर में सही रक्त-संचार के लिए खुली हवा में खेलना आवश्यक है। बदन में गरमी भी आ जाती है और आनंद भी खूब आता है।"

तभी किसी ने पुकारा, "तिती..."

बैरन ही होंगे, मैंने सोचा। आवाज कुछ भारी और राजसी लगी। काफी रोमांटिक है। जनाब, रोज रात अपनी खूबसूरत पत्नी को रोमियो की तरह विलो के नीचे खड़े होकर निहारते हैं। वाह! क्या बात है, कितने लोगों का ऐसा नसीब होगा! अभी मैं यह सब सोच ही रही थी कि बैरोनेस मुझसे माफी माँगकर अंदर चली गई और तभी बाहर आयरन गेट के खुलने और किसी बड़ी सी गाड़ी के अंदर आने की आवाज आई। मैं उत्सुकता से बच्चों के अंदर आने का इंतजार करती रही। दूर से बच्चों के शोर मचाने और भाग-दौड़ की अस्फुट आवाजें आ रही थीं। एक-दो नहीं, बहुत सारे बच्चों की मिली-जुली आवाजें थीं। मैरियन उन्हें बता रही थी कि आज उनकी मुलाकात एक विशेष मेहमान से होगी, जो किताबें लिखती हैं। और कुछ ठीक से सुनाई नहीं दे रहा था, स्कॉटिश अंग्रेजी वैसे भी जरा मुश्किल से ही समझ में आती है। बच्चों की आवाज भी कुछ साफ नहीं सुनाई दे रही थी। तभी शायद तिती और बैरन पहुँच गए। बच्चे बेहद एक्साइटेड से हो गए। टीटी, बेन, एडी, जॉन, स्टेला, रूपर्ट और ताता जैसे न जाने कितने नाम सुनाई दे रहे थे। शोर इतना था कि लग रहा था, एक पूरा स्कूल ही घर पर आ गया हो। मैंने सोचा शायद बच्चों के मित्र भी आए होंगे। पर कोई भी तितिक्षा को मम्मी या बैरोनेस नहीं कह रहा था, मुझे जरा बुरा लगा। चारों ओर 'टीटी-टीटी' की पुकार हो रही थी। कैसे बच्चे हैं, जो माँ-बाप का नाम लेते हैं?

अंग्रेजी तौर-तरीके!···अरे! अब यहाँ इस दूर देश में भला अपनी संस्कृति की प्रतिच्छाया कहाँ मिलेगी?···नहीं-नहीं, यह सोचना ठीक नहीं हैं, बैरोनेस भारतवंशी है और उन्होंने अपनी मिट्टी की सुगंध पूरे वातावरण में बसा रखी है। यह भवन तो स्वयं दो संस्कृतियों के उत्कृष्ट मिलन का अद्‌भुत दस्तावेज है। भारतवंशियों के लिए, संसार के लिए तिति का यह मैनर-आउस एक महान संदेश सा है।

"खाने की मेज पर," किसी ने कहा। फिर कुछ सुनाई नहीं दिया। शायद सब किसी और दरवाजे से अंदर चले गए।

फिर चलने-फिरने और कुरसियाँ खिसकाने आदि की विभिन्न तरह की आवाजें आती रहीं। मैं अपने बुलाने का इंतजार करती रही।

थोड़ी देर में जब सारा प्रबंध हो गया तो मैरियन के निमंत्रण पर मैं डाइनिंग हॉल में पहुँची। वहाँ का दृश्य देखकर मैं बौखला सी गई। मुझे झटका सा लगा। पल भर को मैं चित्रलिखित असंयत सी खड़ी रही। संवेदनशील और सजग बैरोनेस तितिक्षा ने मेरी मनःस्थिति को अच्छी तरह समझ लिया। उन्होंने आगे बढ़कर, बड़े स्नेह से मेरे कंधों को अपने दाहिने हाथ के घेरे में लेते हुए हलका सा स्नेहसिक्त दबाव डालकर मुझे संतुलित करते हुए मधुर शब्दों में कहा, "चलिए, आपको तथागत से मिलाती हूँ।"

"तथागत, लीजिए इनसे मिलिए, लंदन से आई हमारी आज की विशेष अतिथि।"

"आपसे मिलकर बहुत खुशी हुई।" मेरे हाथ को अपने हाथ में जकड़ते हुए तथागत ने बच्चों की तरह कहा, "आप हमारे साथ बैठिए न!" उनके इतना कहते ही सारे बच्चे, जो छोटे-बड़े हर उम्र के थे और अब तक शांत-उत्सुकता से मुझे देख रहे थे, मेज पर थाप दे-देकर कहने लगे, "नहीं, हमारे पास, नहीं हमारे पास।" मैं इस अनियंत्रित प्यार भरे शोरगुलवाले आमंत्रण से घबरा उठी। गौरवर्ण तथा सुनहरे बालोंवाले तथागत देह से युवा पुरुष थे। उनकी झील-सी गहरी-नीली आँखों में बच्चों सा भोलापन और अधीरता थी। 'मास्टर कारवर चेयर' पर बैठे होने से, मैंने अंदाजा लगाया कि यही बैरन होंगे, पर···पर यह कैसा···?

बैरोनेस स्थिति को समझते हुए मुसकराई। फिर स्नेह से तथागत के

कंधों को थपथपाते हुए, साथ ही बच्चों को संबोधित करते हुए बोली, ''देखिए, ये हमारी आज की विशेष मेहमान हैं। लंदन से आई हैं। थकी भी हैं। फिर इन्हें भी आपकी तरह भूख लगी है। आप लोग अब खाना आरंभ कीजिए। फिर हो सकता है, बाद में ये हमारे साथ स्नोबॉल खेलें।''

''ओ! गुडी...गुडी!'' तथागत के साथ सभी बच्चे सुर मिलाकर गाने लगे। तितिक्षा की गहरी काली आँखों में वात्सल्य का गहरा सागर लहरा रहा था। लगा, साक्षात् मोनालिसा सामने खड़ी है।

सच कहूँ, मैंने आज तक प्रकृति की इन विशेष संतानों के बारे में थोड़ा-बहुत बस पढ़ा ही था। कभी उन्हें जानने या पहचानने का अवसर नहीं मिला था। ये जो प्यार और स्नेह की प्रतिमूर्ति हैं, जिन्हें दुनिया हिकारत से देखती हुई नजरअंदाज कर, उन्हें गली-कूचे में भीख माँगने को बाध्य कर देती है; कितने भोले और प्यारे हैं ये! मैंने जीवन में उस दिन पहली बार प्यार और स्नेह का आंतरिक स्पर्श महसूस किया। और मेरा मन बैरोनेस तितिक्षा और उनके समर्पित सहायकों के प्रति स्नेह और आदर से भर उठा। ऐसा समर्पण, इतना ममत्व कदाचित् मैंने अपने जीवन में कभी नहीं देखा था।

बैरोनेस, मैरियन, एग्नेस और बटलर एडवर्ड बच्चों को प्यार, ममता और धीरज से खाना खिलाते रहे। फिर उनकी विशेष संगीत शिक्षिका एलवीना उन्हें दूसरे कमरे में ले गई। संगीत ने उनपर जैसे जादू का-सा असर कर दिया। सारा वातावरण संगीतमय हो उठा। हम लोगों ने उनके गाए हुए गीतों को सुनते हुए भोजन किया। कहीं कोई बड़ा या छोटा न था। मैं प्यार, स्नेह और वात्सल्य से सराबोर, समर्पण के उस अद्‌भुत संसार का एक अंग बनती जा रही थी। मेरे अंदर कुछ कोमल सा प्रस्फुटित हो रहा था। मेरे मन-मानस पर समर्पण का यह सौंदर्य गहराई से असर डाल रहा था।

फिर हम सबने बर्फ में खेलनेवाले जूते और कपड़े पहने। उस पवित्र दूधिया विस्तार के विस्तृत प्रांगण में रंग-बिरंगी टोपियाँ, मफलर, कोट और दस्ताने पहने प्रकृति की भोली-भाली विशेष संतानें झूमते हुए खिले-खिले फूल जैसी लग रही थी। कोई व्हील चेयर में, कोई बैसाखी लिये, कोई डगमगाता हुआ, कोई बर्फ पर बैठा हुआ—सभी बर्फ के गोले बना-बनाकर एक-दूसरे पर फेंक-फेंककर हँस रहे थे, शोर मचा रहे थे और तालियाँ बजा

रहे थे। आनंद की चरम सीमा थी। तथागत के कमजोर तथा स्पंदनहीन हाथ गोले नहीं बना पा रहे थे। तिति उनके हाथों को पकड़कर बड़े धीरज से गोले बनवा रही थी। तथागत अधीर और कुछ असहाय महसूस कर रहे थे। अध-बने गोले जमीन पर गिर जाते।

मैं पास बैठी स्टेला, डिक और टॉम के साथ स्नो-मैन बना रही थी। स्टेला मुझे बता रही थी, "बीस वर्ष पूर्व निस्संतान बैरोनेस एमिली जोंस ने एडिनबरा की इस खूबसूरत पहाड़ी पर प्रकृति की इन विशेष संतानों के लिए एक स्कूल खोला था। बैरोनेस का जीवन वास्तव में किसी धार्मिक ग्रंथ सा पवित्र था। तथागत उनका फोस्टर-चाइल्ड था, जिसका वास्तविक नाम ऑर्थर हुआ करता था। संसार की वास्तविकता और विसंगतियाँ ऑर्थर को बौद्ध धर्म की शरण में ले गईं; वहीं ऑर्थर का नया नामकरण 'तथागत' हुआ। कई वर्ष तथागत तिब्बत व भारत में रहे, वहाँ भी उन्हें वह शांति नहीं मिली। फिर बैरोनेस के निमंत्रण पर वह यहाँ आ गए। बैरोनेस और तथागत पूरे सप्ताह संपूर्ण मनोयोग से प्रकृति की इन उपेक्षित विशेष संतानों के लिए स्कूल चलाते और संडे को बजाय चर्च जाने के, रोगियों से मिलने और उनके दुःख-दर्द की मानिसक चिकित्सा करने स्थानीय अस्पताल जाया करते थे। वहीं उन्हें नैराश्य के गहन रोग से पीड़ित तितिक्षा मिली। बीस वर्षीया परित्यक्ता तिति का जीवन अधूरा था। उसकी हिस्ट्रेक्टमी हो चुकी थी और वह मानसिक रूप से अस्वस्थ एवं असंतुलित थी। वह कई बार आत्महत्या का प्रयास भी कर चुकी थी। बैरोनेस तथा तथागत के सहयोग से वह नैराश्य से उबरी और फिर वह भी पूरे समर्पण के साथ इसी स्कूल में पढ़ाने लगी। तथागत ने तिति को संपूर्ण मानसिक एवं शारीरिक संबल देने के लिए उसके साथ प्रेम-विवाह किया। बैरोनेस ने अपनी मृत्यु से पूर्व ही यह मैनर-हाउस तथा बैरन का खिताब तिति और तथागत को उनकी सेवा एवं पूर्ण समर्पण से अभिभूत हो उनके विवाह पर उपहारस्वरूप भेंट में दिया था। अभी पाँच वर्ष पूर्व ही अचानक एक दुर्घटना में तथागत अपनी स्मृति तथा शारीरिक शक्ति खो बैठे। तिति स्कूल चलाने के साथ-साथ बैरन की भी मनोचिकित्सा करती रही है। और अब धीरे-धीरे…"

और तभी अचानक तथागत के कमजोर पैर लड़खड़ाए और वह तितिक्षा

के ऊपर गिर पड़े। सभी स्नो-फाइट के खेल में मस्त थे। उनकी ओर किसी का ध्यान नहीं था। जितना वह उठने की कोशिश करते उतना ही वह और तितिक्षा बर्फ की कोमल कालीन पर लुढ़कते जाते। बेन उनके चारों ओर तेजी से चक्कर लगा रहा था। कभी वह भौंकता, कभी तथागत के पैरों और चेहरे को चाटता, कभी उनके एनौरैक को खींचता, कभी उछल-उछलकर तथागत को उत्तेजित करता, कभी मनुष्य की तरह दो पैरों पर खड़ा होकर, दोनों पंजों को जोड़कर प्रार्थना की मुद्रा में ऊपर देखता। प्रकृति का एक और रहस्य मेरे सामने खुला। उसके खेल अद्भुत और निराले होते हैं। दुबली-पतली तितिक्षा छह फीट के बैरन के नीचे दबी जा रही थी। बैरन अपने कमजोर हाथों से तितिक्षा को उठाने का भरसक प्रयास कर रहे थे, किंतु उठा नहीं पा रहे थे। फिर भी उनका प्रयास निरंतर जारी था। बर्फ में दबती जा रही तितिक्षा धीरे-धीरे अचेत होती जा रही थी। देह पर से उसका अपना नियंत्रण समाप्त होता जा रहा था, उधर तथागत वहशियों की तरह उसे अपने कमजोर और टेढ़े हो आए हाथों से उठाने का असफल प्रयास कर रहे थे। मैंने देखा, अचानक तथागत, जो तितिक्षा का सहारा लिये बगैर ठीक से खड़े भी नहीं हो सकते थे, अपने दुर्बल हाथों से तितिक्षा की अचेत देह को गोद में उठाए डगमगाते कदमों को साधते आत्मविश्वास से दीप्त 'मैनर-हाउस' की ओर बढ़े जा रहे थे।

□

शन्नो

सुबह की सफेदी में अभी भी रात की श्यामलता थी। धुंध की हलकी सी परत वातावरण को बोझिल बना रही थी। बस अभी सुबह होने ही वाली थी। पूर्व की ओर आसमान में लाल रंग धीरे-धीरे फैल रहा था। शन्नो ने जाली का परदा हटाकर देखा।

'सूरज निकलेगा', उसने सोचा।

तभी उसकी आँख सड़क पार फेंस पर बैठी लंबी पूँछवाली काली टैबी कैट पर जाकर अटक गई।

टैबी कैट किसी मुग्धा की भाँति उगते सूरज को निहार रही थी, बिलकुल शांत, ध्यानमग्न मानो सूर्य देवता की आराधना कर रही हो। उसकी लंबी काली पूँछ दीवार के इस तरफ लटक रही थी। सुबह की सफेदी और सूरज की फैलती लालिमा के बीच, सिलुएट बनी बिल्ली उसे रहस्यमयी लगी। तभी ग्रे यूनीफॉर्म पहने एक स्मार्ट लड़का कंधे पर बैग टाँगे आया। सुख से बैठी बिल्ली की पूँछ बिलावजह झटके से खींच दी। बिल्ली एक दर्द भरी म्याऊँ के साथ पेवमेंट पर गिरी। बिल्ली भयभीत, बदहवास सड़क पार भागने की कोशिश में तेजी से आती लॉरी के नीचे से जान बचा बेतहाशा दिशा-विहीन भागी जा रही थी।

भाग तो शन्नो भी रही है और बेतहाशा भाग रही है।

शन्नो के अंग-अंग में वेदना की लहरें मरोड़ लेने लगीं। जख्मों पर पड़े खुरंट उखड़ने लगे।

विधवा, बीमार सास और दो बच्चों के साथ उसे छोड़ सुभाष एक दिन

चुपचाप भाग गया। पाँच साल उसने उनकी कोई खोज-खबर नहीं ली। तीन महीने बाद बच्चों की सालाना फीस जमा करने जब बैंक से रुपए निकालने गई तो पाया, सुभाष खाता झाड़-पोंछ गया था। इस बीच सास उसे खूब जली-कटी सुनाती रही। उसने हमेशा अपने भगोड़े बेटे को बेकसूर और उसे कंसूरवार ठहराया। हालाँकि वह जानती थी कि उसका बेटा हर दरजे का खुदगर्ज रहा है। पहले भी उसने उन्हें कुछ कम दुःख नहीं दिए। किशोरावस्था में एक बार देशाटन के लिए उनके कंगन उड़ा ले गया था। न चिट्ठी, न पत्री, रोते-रोते उनकी आँखों में रोहे उभर आए थे। दो साल बाद आया तो जैसे कुछ हुआ ही नहीं। चाँद-से बेटे को सही-सलामत देख सारे दुःख भूल गई। फटाफट रामकली की सुंदरी भतीजी शन्नो से ब्याह दिया। सोचा नकेल पड़ते ही लड़का सुधर जाएगा।

सुभाष सुधरने के लिए इस धरती पर नहीं आया था। काम-धाम कुछ नहीं, दुश्मन अनाज का। फटाफट दो जुड़वाँ बच्चे बीवी के पेट में डाल दिए। मन वहीं-का-वहीं बंजारा। वह कब रुकने लगा, कपड़ों की अलमारी में एक नोट छोड़ गया 'विदेश जा रहा हूँ' बस। शन्नो को काठ मार गया। अड़ोस-पड़ोसवालों ने शन्नो के सामने सुभाष की जन्मपत्री बाँच दी। शन्नो ने माथा पीट लिया। सास ने बेटे को तो कोई दोष नहीं दिया, उलटा शन्नो को ही कोसने लगी, "मरी अगर उसे खुश रखती तो भला वो घर छोड़कर क्यों जाता? दान-दहेज का मोह छोड़, खूबसूरत देख सिर्फ दो जोड़े में ब्याह लाई थी।" पास-पड़ोस में घर की और बेइज्जती न हो इसलिए शन्नो चुप लगा जाती। बुढ़िया बेटे के इंतजार में एक दिन सुबह-सुबह सूर्य को अर्घ्य देते-देते छत से जो गिरी तो फिर उठ ही नहीं पाई।

सास के क्रिया-कर्म में काफी रुपया-पैसा खर्च हो गया। हाथ खाली पा शन्नो बौखला गई। किराएदार ने किराया बढ़ाने से साफ इनकार कर दिया था। बचत के नाम पर बैंक में दस हजार का एक एफ.डी.आर. बस। इन पैसों में अब काम चलनेवाला नहीं, शन्नो ने सोचा। घर से थोड़ी दूर आर्यसमाज कन्या पाठशाला थी। उसी में नौकरी पाने के लिए एक दिन वह स्कूल के संस्थापक आनंद बाबू के घर गई। गोरी-चिकनी शन्नो की लंबी काठी, सुगठित देह और लाचारगी आनंद बाबू से देखी नहीं गई। उसके अस्त-

व्यस्त जीवन को सँवारने के लिए उन्होंने उसके घर आना-जाना शुरू कर दिया। व्यवहारकुशल आनंद बाबू जब भी घर आते बच्चों के लिए अच्छी-अच्छी मिठाई और नए-नए उपहार ले आते। जन्म के भूखे-प्यासे सोनू और मोनू के जीवन में हरियाली आ गई। आनंद बाबू बिना किसी टैंट्रम, टीन-एजर बच्चों के चहेते अंकल आनंद बन गए। सबकुछ ठीक-ठाक चल रहा था। सोनू-मोनू इंगलिश और मैथ्स का ट्यूशन लेने आजाद नगर गए हुए थे। आनंद बाबू भी अपना काम निबटा घर जा चुके थे।··· शन्नो बचा हुआ खाना फ्रिज में रखकर बिस्तर की चादर बदल रही थी। तभी दरवाजे की घंटी बजी। तकिया हाथ में लिये-लिये उसने दरवाजा खोला। कोट-पैंट पहने, कंधे पर बैग लटकाए, सिर पर हैट लगाए, मुँह में चुरुट दबाए, चमाचम जूता पहने गोरा-चिट्टा सुभाष···या सुभाष का रूप धरे कोई अंग्रेज साहब···

थोड़ी देर संज्ञाशून्य खड़ी वह सामने खड़े फिल्मी अदा से मुसकराते सुभाष को देखती रही, फिर हकलाती हुई घबराई सी बोली—

"क···कौन? सुभाष तुम!"

"हाँ-हाँ, मैं ही हूँ—मेरा भूत नहीं, छूकर देख ले।" सुभाष ने उसके लंबे बालों को दोनों हाथों में फँसाकर उसे जोर से अपनी ओर खींचा। फिर चेहरे, गले और गले के नीचे गदराए उभार को होंठों से रगड़ते हुए उसे बाँहों में भरकर, यहाँ-वहाँ इस तरह सहलाया-दबाया कि उसकी नस-नस में बिजली तड़क उठी। शन्नो को लगा, सुभाष पहले से कहीं और गोरा, लंबा, तंदुरुस्त और रँगीला हो गया है।

"हैं···हैं···क्या करता है···बच्चे तेरह साल के हो गए हैं। तुझे शरम नहीं आती।" उसने उलाहना देने की कोशिश की। पर सुभाष की गरम साँसें, चुलबुलाते हाथ उसके बदन के हर हिस्से में घुँघरू बजाने लगे।

"तेरह साल के हो गए तो शरम काहे की! उन्हें नहीं पता क्या कि मैं उनका बाप हूँ। साले आए कहाँ से हैं! यहीं से न···" उसने वहाँ उँगली से कोंचते हुए कहा।

'बाप के कौन से फर्ज निभाएँ हैं तूने, सुभाष···' सुभाष उसको बोलने दे तब न! वह तो उसके बदन में इस तरह बिजलियाँ भरता चला जा रहा था कि वह अपनी लालची देह और उसकी चुगलियों के आगे लाचार होती चली गई।

मीठी-मीठी बातों और इंग्लैंड से लाए ढेर सारे कीमती उपहारों से उसे सोनू-मोनू और शन्नो को अपने वस में करने में देर नहीं लगी। सुभाष रात भर बैठा शन्नो और बच्चों से तरह-तरह की अच्छी-अच्छी बातें करता रहा। किसी को कोई गिला-शिकवा करने का मौका ही नहीं दिया।

सुभाष ने माँ के मरने का कोई दुःख नहीं किया। दो महीने के अंदर सबकुछ बेच-बाचकर सोनू, मोनू और शन्नो को लेकर लंदन चलने की प्लानिंग करने लगा।

शन्नो का मन सशोपंज में था; पर उसके पास कोई चारा भी नहीं था। सुभाष की ब्याहता थी। सुभाष के लापता होने के कारण वैसे ही लोगों के मन में उसके प्रति कोई इज्जत-हमदर्दी नहीं थी। यहाँ-वहाँ आनंद बाबू को लेकर पीठ पीछे भद्दे इशारों से वह पहले ही लहूलुहान पड़ी थी। यहाँ रहने पर सोनू-मोनू के पढ़ाई-लिखाई और शादी-ब्याह में आनेवाली समस्याओं और खर्चों के बारे में सोचकर वह जाने के लिए राजी हो गई। औरत और फिर हाई स्कूल की आर्ट टीचर! उसकी इज्जत और तनख्वाह ही कितनी थी? क्या कर लेगी वह अपने बूते पर। उसने अपने बौनेपन को कोसा।

जैसे-जैसे जाने का दिन करीब आता जाता, शन्नो का संशय गहराता जाता। सुभाष का क्या भरोसा? इतने सपने दिखाकर ले जा रहा है। एक पल नहीं लगेगा उसे तोड़ने में। पर उसके हाथ में क्या है? वह कर भी क्या सकती है? आगे-पीछे सहारा देनेवाला कोई है नहीं। चाची ने शादी के बाद मुड़कर देखा भी नहीं। जाने कौन से तीरथ गई कि फिर लौटी ही नहीं। जाते समय आनंद बाबू ने बहुत मदद की। इंदिरा गांधी एअरपोर्ट तक छोड़ने आए। सोनू-मोनू बहुत एक्साइटेड थे। शन्नो जरूर दुःखी थी। अंदर-अंदर आनंद बाबू भी उदास और खाली-खाली महसूस कर रहे थे। इतने दिनों का साथ था। आनंद बाबू ने कई बार गीली आँखों से उसे और सोनू-मोनू को देखा। क्या पता कैसा भविष्य उसका इंतजार कर रहा है? न मालूम सुभाष कौन सा गुल खिलाए? परदेस में आनंद बाबू जैसा दोस्त और रहनुमा कहाँ मिलेगा? वह आनंद बाबू से अच्छी तरह बिदा भी तो नहीं ले पाई। सारे टाइम पासपोर्ट, वीजा, टिकट और एंट्री क्लीयरेंस के लिए सरकारी दफ्तरों का चक्कर लगता रहा।

जब भी बातचीत का मौका मिलता सुभाष बस लंदन के गीत गाता, ''वहाँ की सड़कें शीशे सी चमकती हैं। रोशनी इतनी तेज होती है सबकुछ ऐसा साफ-सुथरा कि कुछ पूछो मती। सारे दिन घूमते रहो। मन करे खाना बनाओ, न मन करे तो 'टेक-अवे' ले लो। न झाड़ू लगाना, न कपड़े धोना। सब काम मशीनों से होता है।'' वह सोचती सबकुछ मशीन से होता है तो हम भी जरूर एक दिन मशीन हो जाएँगे।

''यहाँ जैसा सूखा वहाँ कहीं नहीं मिलेगा।'' सड़क के दोनों ओर लगे मरघिल्ले पड़ों की ओर देखते हुए उसने कहा, ''ऐसी हरियाली और ऐसी खूबसूरती कि बस देखते ही जाओ। पैसा भी खूब है। बच्चों की पढ़ाई फोकट में, मकान फोकट में, दवा फोकट में, नौकरी नहीं तो सरकार पैसे देगी। आराम-ही-आराम है वहाँ। वहाँ तो भिखमंगे भी कोट-पैंट पहनते हैं।''

शन्नो को आधी बातें समझ में आतीं और आधी नहीं। बच्चे जरूर अंग्रेजी फिल्मों, गानों और कपड़ों के बारे में पूछते रहते। रह-रहकर शन्नो के पैर ठंडे हो रहे थे। काश! कोई आस-पास ऐसा होता जिससे वह कोई सलाह-मशविरा ले सकती।

लंदन आने पर उसे बहुत बुरा नहीं लगा। सब चीजें साफ-सुथरी। रोज बासमती चावल और चिकन खाओ। सफेद झकाझक आटे की रोटी। दूध-दही इफरात। सुभाष डोल पर था। पर उससे क्या? हर हफ्ते मिनिस्ट्री ऑफ सोशल सेक्यूरिटी जाकर पैसे ले आता। बीवी बच्चों के आ जाने से अलाउंस और बढ़ गया था। बिजली, पानी, गैस—सब सरकारी खाते में। दो-तीन महीने में सजा-सजाया काउंसिल फ्लैट भी मिल गया। जिंदगी और आसान हो गई।

सोनू और मोनू को वॉडस्वर्थ के अर्नेस्ट-बेवन स्कूल में बिना किसी हील-हुज्जत के दाखिला मिल गया। दोनों पढ़ने में होशियार थे। बोलने-चालने में थोड़ी दिक्कत हुई, पर चार-पाँच महीने में सब ठीक-ठाक हो गया। जल्दी ही दोनों नए परिवेश में घुल-मिल गए। शुरू के दिनों में स्कूल के बच्चे उन दोनों को 'पाकी', 'डमडम' और 'स्मेली माउस' कहकर चिढ़ाते। टीचर मिस एलिस अच्छी और सहृदय थी। एक बार पंजाब और गुजरात भी

हो आई थी। उसने दोनों को 'बायलिंगुएल हेल्प' लगा दी। मेहनती बच्चे थोड़े ही दिनों में टॉप लिस्ट में आ गए। सोनू और मोनू की रुचियाँ आपस में मिलती तो थीं, पर दोनों की प्रवृत्तियाँ बिलकुल भिन्न थीं। सोनू को एक्टिंग और लिटरेचर पसंद था। वह तेज-तर्रार था तो लेड-बैक मोनू सैलानी तबीयत का, किताबी-कीड़ा, फिलॉसफर और कम बोलनेवाला।

सुभाष की चाल वही बेढंगी। हनीमून बस साल-दो साल ही चला। उसने रात को मिनी कैब चलाने का धंधा अपना लिया। कभी घर आया, कभी नहीं आया। जब भी वह घर आता, शन्नो उससे झगड़ा करते हुए जवाब तलब करती। सुभाष बगैर गुस्सा किए, बिना किसी हील-हुज्जत के कहता—

"डोल के पैसे पूरे नहीं पड़ते हैं। बच्चों की जरूरतों में कोई कमी नहीं होनी चाहिए, इसलिए रात को मून-लाइटिंग करता हूँ।"

"ये मून-लाइटिंग क्या होता है? मुझे चराने की कोशिश मत करो। मैं तुम्हारी नस-नस पहचानती हूँ।" शन्नो हाथ-पाँव पटकती शेरनी-सी गुर्राती।

"अरे! बीवी हो तो नस-नस क्या रेशा-रेशा पहचानोगी।" वह उसे चिढ़ाने के अंदाज में व्यंग्य करता, "रही मून-लाइटिंग की बात, वह है टैक्स से हेरा-फेरी; यानी मैं मिनी कैब की कमाई पर टैक्स नहीं देता और डोल पर भी रहता हूँ।"

शन्नो फुफकारती हुई उसके हाथों से पे-पैकेट उठा लेती। पैसे बचते नहीं तो कम भी नहीं पड़ते। सुभाष जितना भी कमाता, बिना किसी हील-हुज्जत के उसे दे देता था। बच्चे भी पढ़ाई-लिखाई के साथ वीक-एंड पर काम कर थोड़ा-बहुत कमाकर अपने शौक पूरे कर लेते। शन्नो ने भी कई बार सोचा कि वह भी कुछ काम कर ले। खाली बैठना उसे अच्छा नहीं लगता था। कई जगह उसने पूछताछ भी की। स्कूलों में मैथ्स और साइंस की वेकेंसी तो अकसर होती पर आर्ट टीचर की वेकेंसी उसने आज तक नहीं देखी। फैक्टरी और सुपर मार्केट में काम करना उसे पसंद नहीं था। वैसे भी सुभाष ने उसे काम करने के लिए कभी बढ़ावा नहीं दिया। सो या तो वह घर के काम करती या लाइब्रेरी से किताबें लाकर पढ़ती। बाहर आने-जाने की आदत छूटती जा रही थी।

सोनू-मोनू पढ़ाई-लिखाई के साथ लंदन की तेज और उन्मुक्त हवा से खूब प्रभावित हो रहे थे। कुछ अजीबो-गरीब लड़के-लड़कियाँ उनके दोस्त बन गए। वीक-एंड पर टेस्को और मार्क्स एंड स्पेंसर में काम मिल गया। हाथ में पैसा आया तो हिम्मत भी बढ़ी। बाहर घूमना-फिरना, छुट्टियों में पीठ पर बैक-पैक लादकर हिच-हाइकिंग करते हुए पर्यटन करना शुरू हो गया। दोनों जब भी कहीं जाते शन्नो के लिए कोई-न-कोई अच्छा सा गिफ्ट जरूर लाते। पर शन्नो को यह सब बेमानी लगता। वह बच्चों के असाधारण बहुमुखी प्रतिभा से अनजान उनसे तालमेल नहीं बैठा पा रही थी।

सुभाष ज्यादातर बाहर ही रहता था। अब जब से सोनू-मोनू 'यूनी' गए तो अकसर दोनों की शामें रेफरेंस लाइब्रेरी में गुजरतीं। कई बार वे लोग टेंपिंग भी कर लेते। अकसर खाना भी वहीं कैंटीन में खा लेते। शन्नो दिनोदिन अकेली होती जा रही थी। उसे लगता, वह एकदम फालतू हो गई है। किसी को उसकी जरूरत नहीं है। शायद वह एक डोर-मैट है जिसे जो चाहे पैरों तले रौंद दे।

इधर कुछ दिनों से शन्नो देख रही थी। सोनू की जींस कमर से नीचे सरकती जा रही है। टी-शर्ट ऊँची होती जा रही है। एक दिन कॉलेज से लौटते हुए उसने नाक और नाभि में नथ पहन लिये। फेदर कट बाल सुनहरे और लाल रंग में रँगा लिये। कई दिनों की भरी बैठी शन्नो ने आव देखा न ताव तड़-तड़ चार चाँटे उसके गालों पर जड़ दिए। सोनू थोड़ी देर भौचक्की खड़ी रही, फिर मम्मी का हाथ पकड़कर कड़की—

"देख मम्मी, आज तो मार लिया, दुबारा कभी हाथ मत उठाना। यहाँ अठारह साल की लड़की बालिग होती है। कई लड़के मेरे दोस्त हैं। चाहूँ तो अभी घर छोड़ दूँ या पुलिस को बुला लूँ। रोकना चाहती हो तो पापा को रोको, जो तुम्हें घर बैठाकर खुद दिन-रात गोरियों के साथ घूमते हैं। मोनू को रोको, जो लड़कियों से यारी करता है। जब-तब मेरे कपड़े पहन 'गे' पार्टीज में जाता है। मैंने कोई ऐसा-वैसा काम नहीं किया है। फैशन करना कोई क्राइम नहीं है...हाँ।"

शन्नो को काटो तो खून नहीं।

क्या कह रही है यह बित्ते भर की लड़की?

“भाई और पापा पर इलजाम लगाते तुझे शर्म नहीं आती है कमीनी? इसी दिन के लिए तुझे पाल-पोसकर बड़ा किया है?” शन्नो कुछ न कर सकने की हालत में जितनी जोर से चिल्ला सकती थी, चिल्लाई और फिर बुक्का फाड़कर रोने के साथ-साथ दीवार से सिर मारने लगी।

“ओह शिट! ये इंडियन औरतें सच्चाई तो फेस ही नहीं कर सकतीं। न जाने किस डोडो लैंड में रहती हैं।” कहती हुई सोनू ने गरदन को एक झटका दिया और पैर पटकती हुई अपने छोटे से बेडरूम को बंद कर लिया। कमरे के अंदर कानों में वॉकमैन के इयर-प्लग लगा, स्टैच्यू की मुद्रा में खड़े रहने की कोशिश करने लगी। आजकल सोनू की एक स्ट्रीट आर्टिस्ट स्टूडेंट से खूब छन रही है। पिछले दो-तीन रविवार से वह कॉवेंट गार्डन में उसके साथ ऑस्कर वाइल्ड के ‘द गोल्डन प्रिंस’ के स्टैच्यू का नाटक खेल रही है। सोनू को अच्छा-खासा थ्रिल मिलता है। कई दिलदार लोग तो उसकी टोकरी में बीस पाउंड के नोट तक डाल जाते।

शन्नो लड़की का साहस देखकर मन-ही-मन डर गई। लगा, सोनू की इस धमकी में जरूर कुछ सच्चाई है। इधर बहुत दिनों से वह महसूस कर रही थी जैसे उसके चारों ओर कोई षड्यंत्र सा रचा जा रहा हो। उसका कुछ बहुत कीमती कोई धीरे-धीरे चुराता जा रहा है। कोशिश करने के बावजूद भी वह अपना वह कीमती कुछ सहेज नहीं पा रही है। घर के बाहर जो वातावरण है उसका जो असर परिवार पर पड़ता जा रहा है, उसपर उसका कोई कंट्रोल नहीं है। रोना छोड़, वह सोचने बैठ गई। सुभाष से कुछ कहना ही बेकार है। वह तो कोतल घोड़ा है। घर में रहता ही कितना है? और फिर उसके लिए तो कोई बात गलत है ही नहीं। कुछ कहो तो दार्शनिक की तरह कहेगा—

‘नथिंग इज गुड ऑर बैड, जस्ट थिंकिंग मेक्स इट सो।’ अपने आपको बदलो। ‘भगवद्गीता’ में भगवान् कृष्ण ने कहा है, ‘जो कुछ हो रहा है अच्छा हो रहा है।’ बेकार परेशान होने से कोई फायदा नहीं है। ‘लिव इन रोम, एज रोमंस डू’। खाओ, पियो और मस्त रहो। ‘लिव एंड लेट लिव’। क्यों बेकार हर समय सबको टोकती रहती हो। खुद भी रोती हो और दूसरों को भी रुलाती हो। अट्ठारह साल की औलाद एडल्ट होती है। उन्हें पता होता है कि उन्हें क्या करना है। उन्हें अपनी जिंदगी आप जीने दो। टोका-

टाकी से तुम्हारा ही नुकसान होगा।

दिनोदिन अकेली होती जा रही शन्नो की उलझनें बढ़ती जा रही थीं। उसे लगता उसके चारों ओर एक खंदक सी खुद गई है।

तभी एक दिन सुभाष पच्चीस-छब्बीस साल की गोरी को घर ले आया, कहने लगा, ''यह जूलिया है। कैब ऑफिस में मेरे साथ काम करती है। इसके पास रहने को कोई जगह नहीं है। ऊपर एटिकवाला कमरा खाली है न, उसी में रहेगी।''

''नहीं-नहीं, सुभाष, मुझे कोई टेनेंट-वेनेंट नहीं रखना है। इससे कहो, कहीं और, कोई और घर देखे।''

''टेनेंट नहीं, भई, ये तुम्हारी छोटी बहन की तरह रहेगी।'' उसने गोरी को बाँहों के घेरे में लेते हुए कहा—

''मेरी छोटी बहन! क्यों? तुम्हारी मंशा क्या है, सुभाष? स्पष्ट कहो। रखैल घर लाए हो। सारी शरम घोलकर पी गए क्या? घर में जवान बच्चे हैं।''

''घर में जवान बच्चे हैं तो क्या? यूनिवर्सिटी में पढ़ते हैं। उन्हें फैक्ट्स ऑफ लाइफ नहीं मालूम क्या? जूलिया मेरी गर्ल-फ्रैंड है। नीचेवाले बेडरूम में तुम रहना, ऊपर यह रहेगी। मैं तुम दोनों का पूरा खयाल करूँगा।''

''सुभाष!'' वह चीखी, ''तुम कमीने हो यह तो मुझे मालूम था, पर इतने कमीने हो, यह मुझे नहीं मालूम था। अभी इसे लेकर यहाँ से फौरन निकल जाओ, नहीं तो मैं इसकी आँखें फोड़ दूँगी और तुम्हारा सिर हथौड़े से कूट डालूँगी।'' कहते हुए वह तेजी से फायरप्लेस पर रखे हथौड़े को उठाने लपकी।

उसका यह रौद्र रूप देखकर जूलिया डर के मारे सुभाष का हाथ पकड़कर दरवाजे के बाहर भागी और काँपती हुई सुभाष से बोली ''शी इज मैड, शी इज रियली मैड। हाऊ डू यू लिव विद हर?''

सुभाष ने उसका कंधा थपथपाते हुए उसे सहज करते हुए कहा, ''नो, नो, शी इज नॉट मैड, शी इज ओनली एंग्री, शी डजेंट बिलीव इन कम्यूनल लिविंग लाइक यू। एवरी थिंग विल बी ऑलराइट इन अ फ्यू डेज।''

दो-तीन दिन सुभाष घर नहीं आया। चौथे दिन शाम को आया। सोनू-

मोनू में से कोई घर पर नहीं था।

बड़ी देर तक वह शन्नो की खुशामद करता रहा। शन्नो बेडरूम का दरवाजा बंद किए बैठी रही। वह बाहर खड़ा उसकी मिन्नतें करता रहा, ''देख शन्नो, तू मुझे जानती है। मैं कोई नया काम तो कर नहीं रहा। हमारे यहाँ कई लोगों के दो पत्नियाँ थीं। तेरे ताऊ ने ही दो रखी थीं। मेरे मामा के दो बीवियाँ थीं। राजा दशरथ के तो तीन औरतें थीं। सब आपस में सुख से रहती थीं। तू उनकी तरह क्यों नहीं हो सकती।''

''चला जा यहाँ से, अगर नहीं गया तो मैं तेरा खून कर दूँगी। बता रही हूँ, मैं हर समय अपने पास छुरी रखती हूँ।'' वह दहाड़ी और दरवाजे की झिर्री में चाकू के तेज नोक को घुसेड़ दिया।

''ठीक है, शन्नो, जैसा तू चाहे कर। मुझे दोष मत देना। मैं जा रहा हूँ और फिर मैं वापस नहीं आऊँगा, हाँ...।''

''जा, चला जा, जहन्नुम में जा, मर उस गंदी गोरी के साथ। पाल ले हर्बी और एड्स।''

अपने कपड़े-लत्ते समेटकर जब सुभाष चला गया तो वह बाहर आई।

रात भर वह सोचती रही, सोनू-मोनू को वह क्या और कितना बताए। जब उसे कुछ समझ नहीं आया तो धीरे-धीरे खुद को दंड देने लगी। ढेरों व्रत-उपवास रखे। गीता-रामायण पढ़ी। जब उनसे भी उसकी समस्याओं का कोई अंत नहीं हुआ तो वह सबसे झगड़ा करने लगी। मोनू शांत प्रकृति का था। 'गे' होने के कारण वही शन्नो के मानसिक कष्टों को ज्यादा समझता था। उसे शन्नो से सहानुभूति थी, पर संवेदनशील होने के कारण रोज-रोज के झगड़े-झंझट वह बरदाश्त नहीं कर पा रहा था। इन्हीं दिनों उसको ह्यूएट-पेकार्ड के फ्रेंच ब्रांच में प्रोग्राम राइटर की नौकरी मिल गई और वह फ्रांस चला गया। हर हफ्ते माँ को फोन कर अपनी राजी-खुशी बता देता। शन्नो, मोनू से बहुत गुस्सा थी। उसे समझ नहीं आता कि उसने उसके पालन-पोषण में ऐसी क्या कमी बरती कि वह होमो-सेक्सुअल हो गया। फोन आने पर वह उससे ज्यादा बातचीत नहीं करती। बस हाँ-हूँ में जवाब देती। पर किसी हफ्ते अगर मोनू का फोन नहीं आता तो वह बेचैन हो उठती। सोनू से मिन्नतें कर उसे फोन कराती। शन्नो के दुःखों का कोई अंत नहीं था। जो

कुछ और जिस तरह हो रहा था वह सब शन्नो को झेलना नहीं आ रहा था।

धीरे-धीरे शन्नो का मानसिक संतुलन बिगड़ने लगा। उसे समझ नहीं आता, आखिर उसका परिवार इतना एब्नॉर्मल क्यों है ? थोड़े ही दिनों में उसे पैनिक अटैक्स होने लगे। गरदन, सिर और रीढ़ की हड्डी के साथ पेट में भी दर्द रहने लगा। दवाइयों से कोई फर्क नहीं पड़ा तो डॉक्टर ने उसे गरदन में पहनने के लिए नेक-सपोर्ट का कॉलर दे दिया। इससे उसका रहा-सहा कॉन्फिडेंस भी जाता रहा। मानसिक बीमारियों का इलाज दवा-दारू तो होता नहीं। उधर शरम के मारे शन्नो डॉक्टर को असली समस्या कभी बताती ही नहीं। इस बीच उसे आनंद बाबू और अपना भारत बहुत याद आए। पता नहीं क्या मति मारी गई थी, जो सुभाष के साथ यहाँ चली आई।

पूरे एक महीने बाद सुभाष घर आया। शन्नो कुछ बोली नहीं। वह दो-तीन घंटे रहा, फिर चला गया। सुभाष अपनी आदत से बाज नहीं आता और शन्नो मुखौटा लगा नहीं सकती। सारी समस्याएँ ज्यों-की-त्यों। सुलझने का कोई आसार नहीं। अस्थिर शन्नो जब-तब मौका मिलते ही सुभाष या सोनू पर झपट पड़ती। अच्छा-खासा महाभारत छिड़ जाता। सुभाष ज्यादा बोलता नहीं। कम बोलने में ही उसे अपनी सलामती नजर आती। कभी वह ऊपर एटिकवाले कमरे में दरवाजा बंद करके सो जाता तो कभी नहा-धोकर कपड़े बदल बाहर चला जाता या फिर रात भर बाहर रहता। शन्नो कुछ कर तो पाती नहीं। कभी रोती, कभी किस्मत को कोसती तो कभी सुभाष या औलाद को कोसती। सोनू माँ-बाप के झगड़े देख-देखकर तंग आ गई थी। बाप से कभी कोई आंतरिक संबंध बना ही नहीं, सो उससे कहती भी क्या ? अगर कभी कुछ कहती तो वह उसकी पीठ थपथपाते हुए कहता, ''देख सोनू, तू एडल्ट है। तुझे जो अच्छा लगे कर। बस, खुश रहा कर। बेकार की बहस से दिमाग मत खराब किया कर। तेरी माँ से मेरा कोई झगड़ा नहीं है। उसे मेरी आदतें नहीं पसंद, सो उसकी अपनी मरजी। शी कैन लिव द वे शी वांट्स टु लिव।''

रोज-रोज के खिच-खिच से तंग आकर सोनू ने एक दिन माँ को आड़े हाथ लिया, ''मम्मी, तुम पापा के आते ही इतना शोर-शराबा क्यों मचाती हो ? अगर तुम्हारी आपस में नहीं पटती है तो तुम अलग क्यों नहीं हो जाती हो ?''

"क्या कहती है हरामजादी! अलग हो जाऊँ? अरे अलग हो जाऊँगी तो तुम लोगों के शादी-ब्याह का क्या होगा?"

"शादी-ब्याह⋯किसके शादी-ब्याह की बात कर रही हो? मेरे या मोनू के? मोनू की शादी क्या करोगी, वह तो 'गे' है। रही मैं, मैं तो शादी कभी करूँगी ही नहीं। सच बात तो यह है कि शादी-वादी हमारी कुंडली में है ही नहीं। और क्या पाया है तुमने शादी करके? जो कुछ सुख तुम्हें मिला वह शादी से नहीं, आनंद अंकल⋯" अभी सोनू बात पूरी भी नहीं कर पाई थी कि शन्नो जोरों से चीखती हुई सोनू पर झपटी तो डाइनिंग टेबल का कोना उसके पेट में ऐसा धँसा कि वह गिरते ही बेहोश हो गई।

घबड़ाई सोनू ने ट्रिपल नाइन पर फोन करके एंबुलेंस मँगवाया। मोनू को फ्रांस फोन किया। पापा का कहीं पता नहीं था। दोनों भाई-बहन रात भर सेंट जॉर्जेज अस्पताल में बैठे रहे। नर्स ने कहा, "यहाँ बैठने से कोई फायदा नहीं, घर जाओ, थोड़ा आराम करो। कल शाम आना। तब तक तुम्हारी माँ होश में आ जाएगी।"

दो दिन आई.सी. यूनिट में रहने के बाद जब शन्नो जनरल वार्ड में लाई गई तो दाहिने तरफवाला पेशेंट जो तकिये के सहारे उठंग बैठा हुआ था, उसे देखकर मुसकराया। शन्नो को अच्छा लगा। चलो, इस दुनिया में कोई तो है जो उसे देखकर मुसकरा सकता है। ऑपरेशन के कारण शन्नो दर्द से बेहाल थी, पर फिर भी जवाब में मुसकराते हुए उसने उसे 'हेलो' कहा।

उस दिन एनेस्थेटिक के प्रभाव में शन्नो सारे दिन सोती और जागती रही।

दूसरे दिन सुबह जब वह उठी तो देखा, दाहिनी तरफवाला पेशेंट कुरसी पर बैठा अखबार पढ़ रहा है। पेशेंट के चेहरे पर छोटी सी फ्रेंच कट दाढ़ी थी, जो उसके खूबसूरत चेहरे को गरिमा प्रदान कर रही थी। शन्नो को उठा देख उसने अपनी कुरसी के रुख को उसकी तरफ मोड़ते हुए कहा, "हेलो शान, मेरा नाम रॉबर्टो है। आज तुम्हारी तबीयत कैसी है? कल तो तुम दर्द से कराह रही थीं।"

उसने मुसकराते हुए कहा तो उसकी आँखों के कोरों पर पड़ी 'लाफिंग लाइंस' उसे और आकर्षक बना गईं। शन्नो को अपना नया नामकरण 'शान'

अच्छा लगा। 'शान' उसने मन-ही-मन दोहराया।

"थैंक यू, आज मैं कल से बेहतर हूँ। तुम कैसे हो, रॉबर्टो?"

"बिलकुल फिट, घोड़े की तरह तंदरुस्त। चार-पाँच दिन में मुझे घर जाने की छुट्टी मिल जाएगी।" उसने हँसते हुए कहा।

"ओह! नो, इतनी जल्दी। अभी तो हमारा परिचय ही हुआ है, रॉबर्टो।" शन्नो ने कमर में उठ रही जानलेवा दर्द के बीच मुसकराते हुए मजाक में कहा।

रॉबर्टो, हलके से हँसते हुए बोला, "अरे, अभी तो पूरे पाँच दिन बाकी हैं। तुम्हें भी अगले हफ्ते छुट्टी मिल जाएगी।"

"हाँ, सो तो है।" वह कुछ उदास स्वर में बोली। शन्नो को घर की याद से वितृष्णा सी हुई। थोड़ी देर वह कमरे में पड़े फूलदार परदे और बेड पर लेटे हुए अन्य पेशेंट्स को देखती रही, फिर उसकी आँखें झप गईं।

जब आँख खुली तो उसने देखा, रॉबर्टो खिड़की के पास खड़ा फूलों से लदे चेरी और सेब के पेड़ों पर खिले नन्हे-नन्हे गुलाबी और सफेद फूलों को देख रहा है।

शन्नो को प्यास लगी। उसने बेड के पास रखे लॉकर पर से गिलास उठाने की कोशिश की तो पेट में लगे टाँकों ने जोरों की टीस मारी। उसने नर्स को पुकारा। नर्स कमरे में नहीं थी। शन्नो की आवाज सुनकर रॉबर्टो ने पूछा, "पानी चाहिए क्या?"

शन्नो मुसकराई, बोली, "यस, प्लीज रॉबर्टो। थैंक्स।"

पानी देते हुए रॉबर्टो ने शन्नो की गोल-सुडौल और लंबी उँगलियों को प्रसंशात्मक दृष्टि से देखा।

"शान," उसने शन्नो की आँखों में झाँकते हुए कहा, "तुम्हारी उँगलियाँ बहुत सुंदर और आर्टिस्टिक हैं। मेरा मन कहता है, तुम स्वभाव से आर्टिस्ट हो।"

शन्नो के चेहरे पर एक बेहद प्यारी मुसकराहट दौड़ गई। रॉबर्टो को लगा, वह मडोना-सी खूबसूरत है।

आज काफी दिनों बाद शन्नो को लगा, उसके नकारे व्यक्तित्व को किसी ने पुचकारा है। उसके अंदर की परतों में एक कंपित हिलोर-सी उठी,

वह जिंदा है।

''मुझे नहीं मालूम, रॉबर्टो, मैं आर्टिस्ट हूँ या नहीं। अपने देश में मैं स्कूल में आर्ट पढ़ाया करती थी। पिछले पंद्रह साल से रंग और ब्रश देखा ही नहीं, केवल दु:ख के काले, भूरे रंग घुलते-मिलते देखती रही हूँ।'' कहते हुए उसने गालों पर लुढ़क आए गरम आँसुओं को टिशू से पोंछना चाहा, पर पोंछा नहीं।

''ओह! कलाकार को कभी रंग और ब्रश अपने से दूर नहीं रखना चाहिए, शान। रही दु:ख की बात, वह तो कलाकार की ऊर्जा है। मैं कैनिनजारो हाऊस, विंबलडन में आर्ट रेस्टोरेशन का काम करता हूँ। एक बार कैनिनजारो हाऊस आओ। देखो तो चारों ओर कैसा सौंदर्य बिखरा हुआ है।'' रॉबर्टो उसकी खूबसूरत कलात्मक उँगलियों को थपथपाते हुए बोला।

'मैं आऊँगी, जरूर आऊँगी, रॉबर्टो। तुम्हारे साथ बैठकर मैं भी उस अमित सौंदर्य को अपने अंदर समेटुँगी।' खुद से प्रॉमिस करती हुई वह मन-ही-मन बोली। दर्द की लहरों ने एनेस्थेटिक के प्रभाव को और बढ़ा दिया। शन्नो रॉबर्टो की संवेदनशील निगाहों की उष्मा को अपने अंदर समोती गहरी नींद सो गई।

रॉबर्टो उसके सोते हुए चेहरे पर बिखरी करुणा को बहुत देर तक देखता रहा। सरल-सहज रॉबर्टो का हृदय शन्नो के दर्द को आत्मसात् कर गया। रॉबर्टो को एक साथी असिस्टेंट की जरूरत थी। 'अगर शान उसके साथ काम करने को राजी हो जाए तो कैसा रहे ?' रॉबर्टो ने सोचा। उसे शन्नो की दर्द से सुलगती आँखें बहुत सुंदर लगीं।

शन्नो की आँख जब दुबारा खुली तो उसने सोनू और मोनू को अपने बिस्तर के पास विवीर्ण और दु:खी चेहरे के साथ बैठे देखा। उसके हृदय में वात्सल्य का आवेग उमड़ा तो उसने उन दोनों के हाथ पकड़कर सीने पर रख लिये।

सोनू और मोनू थोड़ी देर बुत बने बैठे माँ को देखते रहे, फिर उसके गालों को चूमते हुए बोले, ''माँ, तुम्हारा ऑपरेशन सफल रहा। तुम्हारे पेट में ट्यूमर था, जिसे समय से डॉक्टर ने निकाल दिया। तुम्हें जिंदगी की नई लीज मिली है। अब तुम खतरे से बाहर हो। हम तुम्हें खोना नहीं चाहते हैं। हमें

तुम्हारी बहुत चिंता है। तुम्हारा होना हमारे लिए बहुत जरूरी है।''

रॉबर्टो परिवार के मिलन को ध्यान से देखता। सोनू-मोनू का शन्नो के प्रति लगाव देखकर उसे अपनी मृत पत्नी एमिलिया की याद आ जाती। एमिलिया की ओवरी में कैंसर के बीज पनप रहे थे। भरी जवानी में उसके दोनों फेलोपियन ट्यूब निकाल दिए गए थे, जिसके कारण वह कभी माँ नहीं बन सकी। आहत पत्नी की याद से उसकी आँखें अनायास ही तरल हो उठीं!

सोनू-मोनू अकसर जब शन्नो से मिलने आते तो रॉबर्टो से भी बातचीत करते। रॉबर्टो को जीवन का गहन अनुभव था। वह सोनू-मोनू के अंदर की खलिश को पहचान गया। अत: वह उनसे समकालीन राजनीति, ग्लोबलाइजेशन और इकोनॉमी के साथ-साथ उसके कारण बदलती जीवन-पद्धति और उससे उभरती जटिल समस्याओं पर भी बातचीत करता। रॉबर्टो को सोनू-मोनू असाधारण प्रतिभा-संपन्न व्यक्तित्व लगे, उसने शन्नो को बताया।

एक दिन उसने सोनू-मोनू के जाने के बाद उनके लाए डेफोडिल्स को शन्नो के लिए अस्पताल के बड़े से गुलदान में सजाते हुए कहा, ''वाकई शान, तुम बहुत बड़ी आर्टिस्ट हो। इतनी खूबसूरत, नेकदिल और इंटेलिजेंट औलाद एक नैचुरल आर्टिस्ट ही पैदा कर सकता है।''

''सच! रॉबर्टो, तुम्हारा हर वाक्य मेरे अंदर एक नया इनकलाब भर जाता है।'' शन्नो ने अपनी लंबी और सुडौल उँगलियों को देखते हुए कहा।

''दैट्स लाइक अ गुड गर्ल। हाऊ एबाउट हैविंग डिनर ऑन द डाइनिंग टेबल टु नाइट। नर्स सेड, यू कैन वॉक विद हेल्प। हाऊ एबाउट होल्डिंग माई हैंड।''

''ओह! दैट्स अ ग्रेट प्लेजर, रॉबर्टो। आई विल लव इट।'' शन्नो की आँखों में मुट्ठी भर धूप का उजियारा जगमगा उठा।

☐

तान्या दीवान

आइटी कंसल्टेंट तान्या दीवान दस वर्ष पूर्व जब डिग्री करने लंदन आई तो उसके मम्मी-डैडी ने अपने स्टेटस के मुताबिक उसे केनसिंगटन का यह फ्लैट और डैटसन निसान उपहारस्वरूप तमाम शेयर सर्टिफिकेट के साथ दिए थे। मम्मी उसके साथ कई दिनों तक रहीं। वह चाहती थीं, तान्या अपने व्यक्तित्व के पूर्ण विकास के साथ-साथ समाज में अपनी पहचान खुद बनाए। इसीलिए उन्होंने उसे ब्रिटेन के सबसे अच्छे स्कूल में पढ़ाया। उसे महत्त्वाकांक्षी और व्यावहारिक बनाया। फ्लैट को पूर्ण रूप से व्यवस्थित कर, चलते-चलते उन्होंने उसे नेह से दुलराते हुए, किंतु तनिक कसे हुए स्वर में कहा, "देख तान्या, पढ़ाई-लिखाई में कोई कोताही नहीं होनी चाहिए। लंदन में तू अकेली रहेगी। तरह-तरह के दोस्त बनेंगे, पर शादी-ब्याह का चक्कर मत पालना। तुझे अपना कैरियर बनाना है। अपनी एक विशिष्ट प्रभावशाली पहचान बनानी है।"

लंदन के खुले और उन्मुक्त वातावरण में तान्या दीवान का व्यक्तित्व खिल उठा। वह जल्दी ही महानगरी के सारे दुरूह रास्ते पहचान गई। व्यवहार-कुशल तो ऐसी कि क्या कोई कूटनीतिज्ञ होगा। पढ़ाई-लिखाई उसने जमकर की। मम्मी-डैडी को कभी कुछ कहने का मौका नहीं दिया। ऑनर्स के साथ डिग्री, मास्टर्स, पी-एच.डी. और फिर जब नौकरी मिली तो साची एंड साची में। धन-दौलत, शोहरत सब तान्या के कदम तले। सेमीनार, कॉन्फ्रेंस, क्लबिंग, हॉली-डेज, इंटरव्यूज और महिला मित्रों के साथ-साथ ढेरों पुरुष मित्र। व्यवसाय के साथ-साथ हर तरह के व्यक्तिगत अनुभव। नौकरी, गाड़ी और

गाड़ी के बदलते मॉडल के साथ मित्रों के दायरे एवं घेरे भी बदलते। तान्या ने अपने जीवन को मन-मुताबिक सँवारा। मम्मी-डैडी ने कभी दखलअंदाजी नहीं की।

तान्या समय की माँग को खूब समझती थी। माँ-बाप सुरक्षित और आश्वस्त जीवन के बहुत ही महत्त्वपूर्ण केंद्र बिंदु हैं। जिंदगी की तेज रफ्तार में जब कभी मम्मी का स्वर किसी भी वजह से बदला या उखड़ा लगता तो वह किसी-न-किसी बहाने कावेंट्री जाकर उनसे लाड़-दुलार भी कर-करा आती थी। मम्मी को खुश करने के लिए ज्यादा कुछ नहीं, बस उनके साथ रात देर तक हिंदी फिल्में देखना, फिर दूसरे दिन उनके डायलॉग बोल-बोलकर उन्हें हँसाना। डैडी के साथ शतरंज खेलना, चीटिंग करके उन्हें मात देना और डैडी का प्यार से उसकी दी हुई मात स्वीकार करना, क्रिकेट पर बहस करना। शादी की बात आए तो जॉब के कमिटमेंट की दुहाई देना और काल्पनिक शादी-शुदा दोस्तों के कैरियर की दुर्दशा का नाटकीय वर्णन करना। जब वह मम्मी-डैडी का मन बहलाकर लंदन वापस आती तब परिवार मम्मी-डैडी और उनकी तमाम 'फनी' मान्यताएँ और मूल्य उसके दिमाग से या तो निकल चुके होते या अवचेतन में कही आराम करने लगते। मम्मी-डैडी बेटी के सरस व्यवहार, ख्याति और प्रगति पर खुश होते। मित्रों और संबंधियों से उसकी सफलता की चर्चा करते नहीं थकते।

काफी दिनों से तान्या कावेंट्री नहीं जा पाई थी। जीवन व्यस्त ही नहीं बहुत व्यस्त हो चला था। मम्मी-डैडी से फोन पर बात हो जाती। इधर कुछ दिनों से मम्मी उसके विशेष मित्रों के बारे में पूछना नहीं भूलती। पर हर बार वह बड़ी चतुराई से ऐसे प्रश्नों को गोल कर जाती। मम्मी वैसे खुले विचारों की है, पर वह उस पीढ़ी से संबंध रखती हैं जो चाहे कितना भी आधुनिक हो जाए, फिर भी, लड़की की शादी जैसी परंपरा के अधिकार भरे जकड़न के सम्मोहन से मुक्त नहीं हो पाती है। चाहे उनका अपना अनुभव कितने ही दर्दनाक हादसों से भरा हुआ क्यों न हो।

वैसे मम्मी-डैडी ने शादी के लिए अभी तक उसपर कोई खास दबाव नहीं डाला। तान्या सोचती, मम्मी-डैडी उदार, सहृदय और खुले मन के हैं। घूमने-फिरने, मौज-मस्ती पर उन्होंने कभी कुछ नहीं कहा। पिछली बार जब

वह ऐड्रियन और पीटर के साथ हॉली-डे पर गई थी तो उन्होंने बस यही कहा था, 'इन लोगों के साथ आना-जाना, दोस्ती वगैरह तो ठीक है, पर सीरियस मत होना। शादी-ब्याह अपनों में ही ठीक होता है।' उनका यह कहना उसे बड़ा ऑड और बैकवर्ड लगा। पर ऐसी बातों को हवा में उड़ा देना अच्छा है। मम्मी-डैडी से मनमुटाव करना उसे कभी रास नहीं आता।

इधर पिछले कुछ दिनों से मम्मी शादी-ब्याह पर कुछ ज्यादा ही बातें करने लगी हैं। इस-उस की शादी की खबरें खासतौर पर उसे सुनाने को उत्सुक रहती हैं। जब भी बात होती, हमेशा घुमा-फिराकर टोह लेने की कोशिश करतीं। कहीं वह किसी गोरे के साथ सीरियस तो नहीं हो रही है। हुँह सीरियस, सीरियस माई फुट। यहाँ तो थोड़ा रिलैक्सेशन चाहिए और क्या।

□

अभी कुछ ही हफ्तों पहले तान्या की मुलाकात ऐशली से संगीता के घर हुई थी। उस रात उसे ऐशली के 'जोक्स' कुछ इतने अच्छे लगे कि लौटते समय उसने ऐशली को अपने घर कॉफी पर निमंत्रित कर लिया। उस रात ऐशली जोक सुनाते-सुनाते उसके बिस्तर में आ घुसा। ऐशली रमता जोगी है। उसके पास अपना कुछ भी नहीं है सिवाए एक कैमरे और गिटार के। वह बातों का घुड़सवार है। पहले तो ऐशली उसका फ्लैट-मेट बना, फिर कुक, और फिर एंटरटेनर तथा फोटोग्राफर। सबकुछ अच्छा-खासा कन्वीनियंट रहा, बिना किसी कमिटमेंट के। उसके होने से तान्या की बोरियत दूर हो जाती है, थकान उतर जाती है, और थोड़ा रिलेक्सेशन हो जाता है। घर आने पर साफ-सुथरा फ्लैट फिर चीज और वाइन के साथ इंतजार करता ऐशली उसे बहुत अच्छा लगता है। ऐशली क्रिएटिव है। उसके फिगर को ध्यान में रखते हुए वह तरह-तरह के 'कैलरी कंट्रोल्ड डिशेज' बनाता है।

उस रात साढ़े ग्यारह बजे बदकिस्मती से ऐशली ने गफलत में सोते-सोते मम्मी का फोन रिसीव कर लिया। बस मम्मी उखड़ गईं। दूसरे दिन 'मदर्स डे' था। वह मम्मी के मनपसंद फूलों का बड़ा सा 'बुके' लेकर घर गई। मम्मी ने फूलों की तरफ देखा तक नहीं। बस ऐशली को लेकर उसपर पिल पड़ीं। खूब घेराई हुई। उस रोज चतुर तान्या अपनी मीठी-मीठी बातों से

भी मम्मी को बहला-फुसला न सकी। डैडी इन सबके बीच कुछ नहीं बोले, बस चुपचाप सबकुछ सुनते रहे। बाद में फोन पर भरे गले से कहा, ''तान्या, तुम हमारी इकलौती औलाद हो। हम तुम्हें प्यार करते हैं, तुम्हारी खुशी के लिए हम अंग्रेज दामाद स्वीकार कर लेंगे; पर एक अंग्रेज दामाद से तालमेल बैठाने में हमारे जीवन की धूप निकल जाएगी।''

''डैडी, मैंने शादी के बारे में कभी सोचा ही नहीं। पता नहीं मम्मी ने ऐशली के बारे में जाने क्या-क्या सोच लिया। वह एक दोस्त ही तो है। आज है, कल उसका ट्रांस्फर किसी और ब्रांच में हो जाएगा तो चला जाएगा। और आप भी···'', कहते-कहते वह चुप हो गई। फिर बोली, ''अच्छा डैडी, मेरे प्यारे डैडी, मम्मी से कहना, मैं उनसे फिर विस्तार से बात करूँगी। आई एम नॉट ऐट ऑल सीरियस विद हिम ऑर एनीबडी। ओ.के. नाउ रिलैक्स।''

मामला कुछ ज्यादा ही गंभीर है, सोचते हुए उसने मम्मी-डैडी को खुश करने और खुद को बहलाने के लिए उनकी शादी की पच्चीसवीं वर्षगाँठ पर ऐश्वर्य से परिपूर्ण छुट्टियाँ कनेरी आईलैंड में बुक कर दीं। दो सप्ताह तन-मन और धन से उसने मम्मी-डैडी का जी भर मनोरंजन किया। डैडी से घंटों क्रिकेट, पुरानी फिल्मों, बिजनेस की पेचीदगियों और राजनीति पर बातें करती तो मम्मी से बढ़ते हुए अपराध, फिल्म, फैशन, कला और साहित्य पर। उन दो सप्ताह में उसने उनपर ऐसा जादू चलाया कि मम्मी-डैडी की सारी शंकाएँ छूमंतर हो गईं।

मुसीबत तो तब हुई जब एअरपोर्ट पर चलते-चलते मम्मी ने हलके से मगर बेहद सख्त शब्दों में कहा, ''देख तनु, तूने पढ़ाई-लिखाई कर ली, नौकरी कर ली, देश-विदेश घूम-फिर लिया, जमकर अपनी स्वतंत्रता का उपयोग कर लिया। जीवन के सारे अनुभव ले लिये, अब शादी कर ले। इस तरह जिंदगी नहीं चलती। जीवन में ठहराव आना चाहिए।''

''ओह मम! यह आप क्या कह रही हैं। मेरे लाइफ स्टाइल में शादी की जगह कहाँ है। मुझे ठहराव नहीं चाहिए। मेरा तो एक पैर सदा हवाई जहाज में रहता है। मैं शादी का चक्कर नहीं पाल सकती हूँ। मुझे शादी की कोई जरूरत भी नहीं लगती। मैं अपने पैरों पर खड़ी हूँ। घर है, कार है, भारी-भरकम बैंक बैलेंस है, ढेर सारे दोस्त हैं; और फिर मेरी प्यारी मम्मी है।''

उसने मम्मी से लिपटते हुए उनके गालों को चूमते हुए कहा।

"अरे! कैसी बात करती है?" मम्मी ने उसे हलके से अलग करते हुए आँखों के घेरे में लेते हुए कहा, "देख, मैं गायनाकॉलोजिस्ट हूँ। हर तरह की लड़कियाँ और औरतें मेरे पास आती हैं। तेरे अनुभव सफलता से भरे हैं तो मेरे अनुभव गहरे हैं। जिस तेज रफ्तार से तू चल रही है उसमें अचानक ही एक दिन थकान और डिप्रेशन तुझपर हावी हो जाएगा। फिर तेरी मानसिकता में तेजी से बदलाव आएगा। अभी तेरे पास एक-दो साल का समय है। मेरी तरफ से कोई दबाव नहीं है; पर मेरी कही बातों पर थोड़ा सोचकर तो देख मेरी अच्छी बेटी।" मम्मी ने उसे दुलारते हुए कहा।

"मैं सोचूँगी, मम्मी। पर शादी बड़ी मुश्किल चीज है। मुझे किसी की बात सुनने या साथ रहने की आदत नहीं है। मैं लोगों को राय देती हूँ। मैं किसी की राय नहीं लेती। शादी करो तो उसकी सुनो। फिर बच्चे पैदा करो। मुझे बच्चे-कच्चे तो बिलकुल नहीं चाहिए। यह सब मुसीबत और तकलीफ मुझसे नहीं झेली जाएगी। मुझे अपनी स्वतंत्रता बहुत प्रिय है। माँ...ओ माँ, मुझपर दबाव मत डालो।"

तभी डैडी ने आकर कहा, "अरे! इतने दिन साथ रहने पर भी तुम माँ-बेटी की बातें खत्म नहीं हुईं, जल्दी करो वरना हमारी कंनेक्टिंग फ्लाइट मिस हो जाएगी। ओ.के. बाय तनू।"

"मेरी बात पर सीरियसली सोचना, मैं तेरे फोन का इंतजार करूँगी।" कहते हुए मम्मी डैडी का हाथ पकड़कर ट्रांजिट लाऊंज की ओर मुड़ गई।

वैसे तान्या लंबी दोस्ती पसंद नहीं करती, पर ऐशली के साथ उसका कुछ लंबा और मधुर संबंध अनजाने बिना किसी कमिटमेंट के हो गया। लड़कियों से दोस्ती करने में माहिर ऐशली शादी को बरबादी, बेवकूफी और किसी खूबसूरत रिश्ते को खत्म करने की साजिश मानता है। इस विषय पर तान्या की उससे कई बार छोटी-मोटी बहस हो चुकी है। पर इधर मम्मी-डैडी ऐशली को लेकर आतंकित हो उठे हैं। और उधर ऐशली भी कुछ ज्यादा ही भाव खाने लगा था। इसीलिए तान्या को उसे भगाना पड़ा। कोई कमिटमेंट तो था नहीं, पर कमबख्त याद तो आ ही जाता है। तान्या को पहली बार लगा, माँ की बातों में एक गहरा सच बैठा है। ऐशली धीरे-धीरे उसकी नसों

में समाने लगा था। ओह! अच्छा हुआ, बहुत ही अच्छा हुआ···एवरीथिंग हैपेंस फॉर द बेस्ट, उसने सोचा। फिर भी उसके जाने के बाद जब कभी वह अकेली होती है तो मन का कोई कोना उदास लगता है। कभी-कभी यों ही सुबकने को दिल करता है या मन करता डैडी की गोद में बैठकर उनसे फिजूल की बहस करती जाए। यह सब पहले तो नहीं होता था। ऐसा क्यों हो रहा है? क्या माँ की बात ठीक है? क्या अब वह उम्र के उस दौर पर आ गई है जब उसे स्थायी साथी चाहिए? उसने अपने सभी दोस्तों का मुआयना किया, ज्यादातर ने शादी कर ली थी और जो बचे थे वे या तो 'लिव इन' कर रहे थे अथवा शादी के इरादे से किसी के साथ आ-जा रहे थे। तान्या अभी भी शादी के मूड में नहीं थी। यह शादी भी बड़ी मुश्किल चीज है। कहाँ मिलेगा उसे ऐसा कोई, जो उसके लाइफ स्टाइल से एडजस्ट कर सके।

वैसे तो डैडी कभी शादी के बारे में बातचीत नहीं करते, पर पिछले हफ्ते जो कुछ उन्होंने कहा वह काफी था। वैसे भी डैडी हमेशा थोड़े में ज्यादा ही कहते हैं। क्या सचमुच शादी की एक खास उम्र होती है? नहीं! नहीं! आजकल तो 'लाइफ बिगिंस एट फोर्टी'। उसके पास अभी बहुत समय है, यह सोचकर उसने अपने मन को युक्ति दी।

इस बार क्रिसमस की छुट्टियों में जब तनु घर आई तो मम्मी-डैडी ने उसके जन्मदिन पर खूब बड़ी और शानदार पार्टी दी। नए और पुराने आंटी-अंकल, जिनमें से कुछ ने तो उसे बचपन में गोद में खिलाया था, उसकी सफलता पर ढेरों बधाइयाँ दीं। साथ ही सबने किसी-न-किसी बहाने उसे शादी कर लेने की राय भी दी। इधर तीन-चार दिनों से मम्मी इस कोशिश में थीं कि उसे अपनी पसंद के कुछ लड़कों से मिलवा दें। उसे यह सब बेहद बेतुका और अजीब लगता। उसने बड़े धीरज से मम्मी को समझाया कि जिस तरह वो शादी के बारे में सोचती हैं वह उसकी सोच से बिलकुल अलग है। वह अगर शादी करेगी तो एक 'दोस्ताना कमिटमेंट' के लिए करेगी। फिर भी मम्मी को खुश करने के लिए उसने लड़के देखने की औपचारिकता कई बार निभाई। फिर एक दिन उसने आँखों में मोटे-मोटे आँसू भरकर मम्मी से कह दिया कि इस तरह की देखा-देखीवाली शादी वह कतई नहीं कर पाएगी। शी हैज टु क्लिक विद समवन वह लड़के को खुद जानना और पहचानना

चाहती है—और वह भी बिना परिवार के हस्तक्षेप और दबाव के।

मम्मी सबकुछ जानते हुए भी कुछ नहीं समझ पा रही थी। यह क्लिक होना भी क्या स्टूपिड बात है। बिना माँ-बाप के बीच में पड़े जीवन का इतना महत्त्वपूर्ण निर्णय उनकी लाडली बिटिया कैसे ले सकती है ? पहली बार घर में तनाव का कुछ ऐसा माहौल बना कि महीनों तना-तनी चलती रही। धीरे-धीरे शीतयुद्ध की स्थिति आ गई। फिर कहीं मम्मी की समझ में आया, बेटी अपनी कद से ज्यादा बड़ी हो गई है। हारकर मम्मी ने समझौते का रुख अख्तियार किया। वह बेटी को खोना नहीं चाहती थी। सो एक दिन बोली, ''देख तान्या, तेरी जो मरजी हो, वह कर, पर लड़का अपने ही परिवेश का होना चाहिए, वरना तू अपने डैडी को खो देगी।''

तान्या बहस करने के मूड में नहीं थी। वैसे भी उसे डैडी को 'डिफाय' करना कभी पसंद नहीं था, सो बोली, ''ठीक है, मुझे थोड़ा समय दो। मैं अभी शादी के पचड़े में नहीं पड़ना चाहती हूँ।''

तान्या भी तरह-तरह के 'टेंपरेरी रिलेशनशिप' से ऊब चुकी थी। कुछ ही दिनों में उसे लगने लगा, उसे भी ठहराव-पड़ाव और कमिटमेंट की आवश्यकता है। पता नहीं, यह पारिवारिक दबाव-तनाव का असर था या बढ़ती उम्र का तकाजा। वैसे भी वह तीस साल की होने जा रही है। मम्मी-डैडी के इमोशनल सपोर्ट के अतिरिक्त उसे किसी और की भी जरूरत है। लंदन में मजे करने के लिए लड़के तो खूब मिल जाते हैं, पर जीवनसाथी बनने को प्रतिबद्ध साथी नहीं मिलते। तान्या की सोच में तेजी से बदलाव आ रहा था।

उस रात पोडियम में उसने तुहिन मजूमदार को देखा। काफी बड़ा 'गेट टु गेदर' था। धीरे-धीरे सभी एक-दूसरे से परिचित हो रहे थे। साँवला, तीखे नाक-नक्शवाला, बेहद सहज सा दिखनेवाला तुहिन अपने मित्रों के साथ टेबल के दूसरे सिरे पर बैठा था। जब बातचीत का दौर चला तो थोड़ी ही देर में उसने देखा, तुहिन कोई बेहद मजेदार बात बड़े ही मासूमियत से सुना रहा था। उसके अपने चेहरे पर बच्चों का-सा भोलापन था। मेज पर बैठे उसके सभी साथी ठहाके लगा रहे थे। 'वाओ! दिस मैन इज रियली ग्रेट', उसने मन-ही-मन कहा। उस रात खाने पर उसका ध्यान नहीं था। वह स्वयं भी तो

अपने दोस्तों के साथ खिल-खिल हँसती चली जा रही थी। तुहिन की अदाएँ उसके अंदर अजीब सी हरारत पैदा कर रही थीं। खाना खत्म होने के बाद चलते समय जब सब एक-दूसरे से विदा ले रहे थे तो तुहिन ने सायास आगे बढ़कर उससे हाथ मिलाते हुए कहा, ''यू सीम टु हैव एनवाएड द ईवनिंग, तान्या।'

''ओ, यस ऑफ कोर्स…'' इसके अतिरिक्त वह और कुछ नहीं कह सकी। शब्दों की ऐसी कमी! यह तान्या दीवान का व्यक्तित्व नहीं था। क्या हो गया उसे? बोली ही नहीं फूटी!

तुहिन उससे कुछ कहता हुआ सा मुसकराया, साथ ही वह उसके हाथों को पल भर और थामे उसकी आँखों में देखता रहा।

बस वहीं उसकी बॉडी की केमिस्ट्री में हड़कंप शुरू हुआ। क्या हुआ? कैसे हुआ? वह समझ नहीं पा रही थी। एक मधुर कंपन! शीत लहर! एक रुपहली किरण-सी निकली और उसके तन-बदन को भिगो गई। धड़कनों का उछाल जो बढ़ा तो वोल्टेज शीर्ष पर आ गया। बड़ा विचित्र व अनोखा अनुभव था। उसके माथे पर पसीना सा आ गया। वह आगे बढ़ ही नहीं सकी। बस वहीं पास की टेबल के पास दोस्तों के साथ खड़ी खुद को संतुलित करने की कोशिश करती, गेट से बाहर जाते तुहिन को देखती रही। 'तुहिन-तुहिन' की आवाज, उसका सारा वजूद उसके दिल में उतरता चला जा रहा था। लगा, कंप्यूटर के जिस सॉफ्टवेयर की उसे तलाश थी, मिल गया। मन के डिजिटल कैमरे पर ढेरों तसवीरें अपने आप अक्स हो गईं। उस रात उसके चारों ओर तुहिन था। रात जब उसने गिटार बजाया तो उसके तारों से एक अनोखा अधीर संगीत की धुन बज उठी। फिर जब कंप्यूटर पर बैठी तो इंटरनेट पर तुहिन मजूमदार के इ-मेल का पता देर रात तक खोजती रही। वह तो अच्छा हुआ जो उसका पता वह खोज नहीं पाई, वरना न जाने क्या बेवकूफी कर बैठती। उसने खुद को खबरदार किया—'तान्या दीवान, बीहेव योरसेल्फ।'

सुबह ऑफिस जाते हुए वह अपने इस विचित्र अनुभव और मन:स्थिति के बारे में सोचती रही। शायद रात उसने कुछ और भी महसूस किया था। क्या महसूस किया था? अपने चेहरे पर तुहिन की नजरों की गरमी को

महसूस किया था। शायद सारे समय वह उसकी नजर के घेरे में थी। तो क्या तुहिन भी उसकी ओर आकर्षित है? पिकैडिली से गुजरते हुए उसने 'ईरोज' की मूर्ति और उसके हाथों में पकड़े तीर-कमान को भरपूर नजरों से देखा, प्यार के देवता, यानी कामदेव, यानी क्यूपिड। यू स्टूपिड तान्या, डोंट बी सिली। यू आर नॉट बॉर्न टु फॉल इन लव लाइक दिस एंड बी अ स्लेव टु सम बॉडी कॉल्ड तुहिन मजूमदार। 'इडियट' उसने खुद को कहा।

सुबह 'इ-मेल' चेक करने के लिए कंप्यूटर खोला तो तुहिन का 'इ-मेल' देखकर उसे लगा, वह शायद पिनक में है या कि अपना होश खो बैठी अथवा वह कॉनटैक्ट लेंस लगाना भूल गई है या फिर वह ऑफिस में नहीं, बिस्तर में पड़ी कोई स्वप्न देख रही है। कहीं कुछ गड़बड़ जरूर है। देर तक उसके बदन का रेशा-रेशा थरथराता रहा। उसने कंप्यूटर ऑफ किया, फिर ऑन किया। तुहिन का 'इ-मेल' वहीं का वहीं। माई गॉड! आई कांट बिलीव दिस, इट इज एब्सोल्यूटली इंपॉसिबल! तुहिन, तुहिन मजूमदार, हाउ कुड यू एक्सरे माई इनर फीलिंग्स? तुम्हें मेरे 'इ-मेल' का पता कैसे मिला? पल भर में तान्या की सोच बदल गई, दुनिया बदल गई। आग की लपटें और शीत लहरियाँ दोनों साथ-साथ! गजब! जीवन में और खासकर तान्या दीवान के जीवन में ऐसी घटना घट सकती है, वह सोच भी नहीं सकती है। यह कैसी अनुभूति? इसका उत्स कहाँ है? मन के अंदर, अंदर, बहुत अंदर। ओह! तान्या, तुम फिलॉसफर नहीं हो, तुम एक प्रोफेशनल, प्रैक्टिकल ब्रिटिश-इंडियन युवा हो। सोचते हुए उसने बेवजह बालों को उँगलियों में फँसाते हुए पीछे की ओर सँवारा। फिर मन-ही-मन बुदबुदाई, 'हैव आई रियली क्लिक्ड विद हिम'; पर यह तुहिन, तुहिन नाम कुछ समझ नहीं आया। कभी उससे मिली है क्या? थोड़ी देर बाद जब मन कुछ संतुलन में आया तो उसने मम्मी को फोन कर, बिना किसी भूमिका के पूछा, "मम, एक बेहद मजेदार नाम 'तुहिन' सुनने में आया है। कैसा लगता है?"

माँ ने भी उसी लहजे में कहा, "नाम तो सुंदर है, कुछ साहित्यिक-सा लगता है। कौन है? क्या मेरी बेटी को कोई पसंद आ गया?"

तान्या की आवाज में मतवाली कोयल की कूक साफ सुनाई दे रही थी, "ओह! मम, ऐसा कुछ भी नहीं है। एक 'इ-मेल' आया है। 'साउथ हॉल

प्रोफेशनल क्लब' के ऐनुअल फंक्शन में आने का इन्विटेशन भेजा है इस सिरफिरे तुहिन मजूमदार ने।''

''इन्विटेशन है तो चली जा। जाने में कोई हर्ज तो नहीं है। चली जा, शायद तुझे पसंद आ जाए। तू पहले भी तो कहीं उससे मिली होगी? घबराती क्यों है? बुलाया है तो चली जा न!'' जनम-जनम की नास्तिक मम्मी ने मन-ही-मन तैंतीस करोड़ देवी-देवताओं को मना डाला।

''अभी कुछ सोचा नहीं है।'' फिर कुछ रुककर अधीर हो बोली, ''बट! मम, डोंट फोर्स मी, एंड डोंट पिन अप योर होप्स। मुझे इस तरह के डेट्स में कोई रुचि नहीं है। इतनी जल्दी मैं अपनी जिंदगी बरबाद नहीं करना चाहती हूँ। मुझे खुली हवा में साँस लेने दो।''

''देख तान्या, कोई किसी को ऐसे ही नहीं बुलाता है। देख तो सही, तेरे अनुभवों में एक अनुभव और जुड़ेगा। वैसे तेरी मरजी। तेरी और सहेलियाँ भी तो जाएँगी। तू भी चली जा उनके साथ'', कहते हुए मम्मी ने रिसीवर को बाएँ हाथों से ढका और पास खड़े डैडी के कान में फुसफुसाई, ''लगता है, तान्या इज इन लव, शी है क्लिक्ड''।

''देखूँगी।'' कहकर तान्या ने फोन रख दिया।

माँ से बात कर तान्या को सुकून मिला। मन में चल रहे तर्क-वितर्क को उन्होंने एक अच्छी दिशा दी। पहले भी उसने तुहिन को कहीं देखा था क्या? उसे कुछ याद नहीं आया। कुछ खास नहीं होते हुए भी कुछ खास है इस तुहिन में, तान्या ने सोचा। बेधक दृष्टि रखनेवाली तान्या क्या उस खास को बेध सकी? वह साँवला सा युवक जो सदा सहज संतुलन में रहता है, अन्य लड़कों से कुछ हटकर है, वही सहज सा युवक आज उसके हृदय में इस तरह हलचल क्यों मचा रहा है? अरे! तान्या दीवान, यह क्या दीवानगी है। एक 'इ-मेल' ने तुम्हें इतना चंचल कर दिया? इतना उतावलापन क्यों? क्या मैं सचमुच उससे क्लिक कर गई।

तान्या दीवान ने 'इ-मेल' का जवाब तो नहीं दिया, पर 'यापीज' की उस वार्षिकी पर जश्न मनाने 'साउथ हॉल प्रोफेशनल क्लब' गई जरूर। तुहिन से भी मिली। चिड़िया सी खूब चहकी। चंदा की किरणों-सी नाची, फिर सामने बैठे तुहिन की टाई से खेलते हुए उसने कहा, ''तुहिन, तुम्हें मेरे

'इ-मेल' का पता कैसे मिला?''

''बस मिल गया।''

''कैसे मिल गया?''

''वह एक रहस्य है। उसे रहस्य ही रहने दो। क्या तुम्हें रहस्य अच्छे नहीं लगते?''

''अच्छे लगते हैं। सच तो यह है, रहस्य जब तक रहस्य रहता है तभी तक ही उसमें आकर्षण है अन्यथा वह साधारण है।''

तान्या ने माथे पर आए बालों को दाहिने हाथ की उँगलियों में फँसाकर पीछे की ओर सँवारते हुए तुहिन की नाक को बाएँ हाथ की तर्जनी से छूते हुए कहा, ''आज मेरा मन लीटर्स आफ शैंपेन पीने का कर रहा है।''

''ठीक, दाई विल, विल बी डन, मैम।'' तुहिन ने उसके माथे पर आई शोख लट को कानों के पीछे सँवारते हुए खिलंदड़े अंदाज में कहा।

और पल भर में वेटर शैंपेन के साथ कैवियार और ढेर सारे खूबसूरत फूलों से टेबल सजा गया।

''बट, तुहिन, तुम्हें पता है शैंपेन पीकर मैं होश गवाँ बैठती हूँ।'' उसने तुहिन की आँखों में झाँकते हुए कहा।

''कोई बात नहीं, लेट योर हेयर डाउन बी योरसेल्फ। मैं तुम्हें खुश देखना चाहता हूँ और बेहद खुश देखना चाहता हूँ। फिर मैं हूँ न तुम्हारे साथ।''

तुहिन के स्वभाव की मासूम सहजता तान्या को अच्छी लगी।

तान्या ने उस दिन होश गँवाया या नहीं यह तो नहीं मालूम, पर सिर्फ चार हफ्ते बाद उसने मम्मी-डैडी से फोन पर कहा, ''मैं अगले सप्ताह घर आ रही हूँ और साथ में तुहिन भी आ रहा है।...''

□□□